U0097249

中國語言文字研究輯刊

九　編

許 錟 輝 主編

第5冊

傳抄古文構形研究（上）

林 聖 峯 著

花木蘭文化出版社

國家圖書館出版品預行編目資料

傳抄古文構形研究（上）／林聖峯 著 -- 初版 -- 新北市：花木蘭文化出版社，2015〔民 104〕

目 4+170 面；21×29.7 公分

（中國語言文字研究輯刊 九編；第 5 冊）

ISBN 978-986-404-386-6（精裝）

1. 古文字學

802.08　　104014805

ISBN- 978-986-404-386-6

中國語言文字研究輯刊

九 編　第 五 冊　ISBN：978-986-404-386-6

傳抄古文構形研究（上）

作　　者　林聖峯

主　　編　許錟輝

總 編 輯　杜潔祥

副總編輯　楊嘉樂

編　　輯　許郁翎

出　　版　花木蘭文化出版社

社　　長　高小娟

聯絡地址　235 新北市中和區中安街七二號十三樓

電話：02-2923-1455／傳眞：02-2923-1452

網　　址　http://www.huamulan.tw 信箱 hml 810518@gmail.com

印　　刷　普羅文化出版廣告事業

初　　版　2015 年 9 月

全書字數　264168 字

定　　價　九編 16 冊（精裝）　台幣 40,000 元

傳抄古文構形研究（上）

林聖峯　著

作者簡介

林聖峯，男，雲林人。畢業於臺灣師範大學國文系碩士班、國立中興大學中國文學系博士班，學位論文題目分別爲《大徐本說文獨體與偏旁變形研究》、《傳抄古文構形研究》。曾參與國科會研究計劃「靜嘉堂與汲古閣大徐本《說文解字》版本研究」（季旭昇教授主持，擔任研究助理）、「《傳抄古文字編》釋字校註」（林清源教授主持，擔任協同研究人員）。曾任教於修平技術學院、大葉大學等校，現任國立中興大學中國文學系進修部兼任講師。

提　要

本論文以傳抄古文爲主要研究對象。論文析爲上下兩編，下編爲對傳抄古文形體的逐字考釋，依徐在國《傳抄古文字編》收字順序排列，考釋其書所錄字形；上編則在字形考釋的基礎上，進一步歸納傳抄古文的構形現象。

本論文主要研究目的有三：透過文字形體的爬梳，考釋前人未釋或疑而難定之傳抄古文形體；釐清釋文與其所隸古文形體之關係；歸納傳抄古文形體演變之規律。

傳抄古文形體與釋文間的關係錯綜複雜，透過本論文之研究，一方面期望具體呈顯傳抄古文系統之整體概況；另一方面，傳抄古文既爲對古文字的輾轉傳錄，則其形體與釋文間之相互關係，或可作爲研考古文字時的參考。

目 次

凡　例

一、本論文中所引傳抄古文字形出自徐在國《傳抄古文字編》者，不另出注，以（頁碼・行數・字序）表示。如「駟」字（967.7.1），即表示此字形見《傳抄古文字編》第 967 頁，第 7 行，第 1 字；若徵引其他字書所錄形體以資比勘者，則另行加注。

二、本論文中所論《汗簡》、《古文四聲韻》字形，於字形後注明其出處。凡出自碑刻墓志者不加書名號；出自經書、字書、韻書者則加書名號《　》。若干材料出處載「人名＋書名」，此類情況一律將人名置於書名號《　》外，如「王存乂切韻」作「王存乂《切韻》」。

三、本論文中部分傳抄古文字書名稱較長，為行文方便，除首次出現使用全稱外，其餘使用如下簡稱：

（1）夏竦：《古文四聲韻》——《四聲韻》

（2）《集古文韻》上聲殘卷——《集上》

（3）杜從古：《集篆古文韻海》——《韻海》

若引述他人論著出現上列三書時，則維持全稱不變。

四、本論文中徵引出土古文字形體，不另出注，僅標注材料出處簡稱及相關編號。

（1）甲骨文字形皆取自《甲骨文編》，字形出處依原書標注，並於其後附注《甲骨文合集》編號（以「《合》＋編號」表示），以利檢索查覈。

（2）先秦金文主要取自《金文編》、《戰國文字編》；秦漢金文則取自《金文續編》、《秦漢魏晉篆隸字形表》。因各工具書器名標注方式不同，爲求體例一致，見於《殷周金文集成》與《新收殷周青銅器銘文暨器影彙編》者，依此二書標注器名及編號（分別簡稱爲《集成》、《新收》），其餘則依原書標注。

（3）簡牘、帛書材料取資多方，包括出土簡帛圖版以及《戰國文字編》、《楚文字編》、《上海博物館藏戰國楚竹書（一～五）文字編》、《楚系簡帛文字編（增訂本）》、《郭店楚簡文字編》、《睡虎地秦簡文字編》、《銀雀山漢簡文字編》、《馬王堆簡帛文字編》等文字編，各工具書所採字形出處標注方式不同，爲求體例一致，將其出處簡稱統一如下表所示：

書　篇　名	簡　稱
信陽長臺關一號墓竹書簡	信 M1
信陽長臺關一號墓遣冊簡	信 M2
江陵望山一號墓竹簡	望 M1
江陵望山二號墓竹簡	望 M2
江陵天星觀一號墓卜筮簡	天・卜
江陵天星觀一號墓遣策簡	天・策
荊門包山二號墓竹簡	包山
荊門郭店一號墓竹簡・老子甲	郭店・老甲
荊門郭店一號墓竹簡・老子乙	郭店・老乙
荊門郭店一號墓竹簡・老子丙	郭店・老丙
荊門郭店一號墓竹簡・太一生水	郭店・太
荊門郭店一號墓竹簡・緇衣	郭店・緇
荊門郭店一號墓竹簡・魯穆公問子思	郭店・魯
荊門郭店一號墓竹簡・窮達以時	郭店・窮
荊門郭店一號墓竹簡・五行	郭店・五
荊門郭店一號墓竹簡・唐虞之道	郭店・唐
荊門郭店一號墓竹簡・忠信之道	郭店・忠
荊門郭店一號墓竹簡・成之聞之	郭店・成
荊門郭店一號墓竹簡・尊德義	郭店・尊
荊門郭店一號墓竹簡・性自命出	郭店・性
荊門郭店一號墓竹簡・六德	郭店・六

荊門郭店一號墓竹簡・語叢一	郭店・語一
荊門郭店一號墓竹簡・語叢二	郭店・語二
荊門郭店一號墓竹簡・語叢三	郭店・語三
荊門郭店一號墓竹簡・語叢四	郭店・語四
江陵九店五六號墓竹簡	九 M56
江陵九店二六一號墓竹簡	九 M261
曾侯乙墓竹簡	曾
長沙子彈庫帛書甲篇	帛甲
長沙子彈庫帛書乙篇	帛乙
長沙子彈庫帛書丙篇	帛丙
上海博物館藏戰國楚竹書（一）・孔子詩論	上一・孔
上海博物館藏戰國楚竹書（一）・緇衣	上一・緇
上海博物館藏戰國楚竹書（二）・民之父母	上二・民
上海博物館藏戰國楚竹書（二）・子羔	上二・子
上海博物館藏戰國楚竹書（二）・從政甲	上二・從甲
上海博物館藏戰國楚竹書（二）・從政乙	上二・從乙
上海博物館藏戰國楚竹書（二）・容成氏	上二・容
上海博物館藏戰國楚竹書（三）・周易	上三・周
上海博物館藏戰國楚竹書（三）・彭祖	上三・彭
上海博物館藏戰國楚竹書（四）・柬大王泊旱	上四・柬
上海博物館藏戰國楚竹書（四）・相邦之道	上四・相
上海博物館藏戰國楚竹書（四）・曹沫之陳	上四・曹
上海博物館藏戰國楚竹書（六）・孔子見季桓子	上六・季桓
睡虎地秦墓竹簡・秦律十八種	睡・秦律
睡虎地秦墓竹簡・效律	睡・效
睡虎地秦墓竹簡・法律答問	睡・答問
睡虎地秦墓竹簡・爲吏之道	睡・爲吏
睡虎地秦墓竹簡・法律雜抄	睡・雜抄
睡虎地秦墓竹簡・封診式	睡・封
睡虎地秦墓竹簡・語書	睡・語
睡虎地秦墓竹簡・日書甲種	睡・日甲
睡虎地秦墓竹簡・日書乙種	睡・日乙
雲夢龍崗秦簡	龍崗
馬王堆漢墓帛書・戰國縱橫家書	馬・縱橫

馬王堆漢墓帛書・十六經	馬・十
馬王堆漢墓帛書・老子乙本	馬・老乙
馬王堆漢墓帛書・一號墓遣策	馬・遣一
銀雀山漢簡・孫子兵法・計	銀雀・孫計
銀雀山漢簡・尉繚子	銀雀・尉

（4）其餘戰國文字材料皆取自《戰國文字編》，字形出處依原書標注。

（5）漢印篆文採自《漢印文字匯編》。

（6）以上用書詳參「參考書目」。

五、本論文上古音系以陳復華、何九盈《古韻通曉》之系統為主。

六、下編形體考釋依徐在國《傳抄古文字編》之順序為次，字表形體分類依形體正確性及不同用字關係排序。同類形體以呈現字形演變軌跡為排列原則；不同用字關係則按「異體字」、「通假字」、「近義字」、「誤植字」之順序編列。

七、本論文依學界慣例於學者直稱姓名，除業師外，一律不加敬稱。

上　編

第一章　緒　論

傳抄古文是指漢以後歷代輾轉抄寫的古文字，主要指戰國文字。〔註1〕王國維〈《史籀篇證》序〉、〔註2〕〈《桐鄉徐氏印譜》序〉、〔註3〕〈戰國時秦用籀文六國用古文說〉、〔註4〕〈《說文》所謂古文說〉〔註5〕等文，已具體認識到戰國秦代文字與東土六國文字的地域性差異，並認爲「古文」是戰國六國文字，其說頗受學界肯定。然而，其時戰國文字之出土不若近年豐富，無法對所謂「古文」進行更深廣的研究。王國維〈《桐鄉徐氏印譜》序〉據漢代古文經之發現地點，認爲「古文」應是齊魯系文字。〔註6〕其後如何琳儀、馮勝君、楊澤生等人利用較多的新材料佐證王國維的觀點。〔註7〕近年出土戰國文字材料以楚簡較爲

〔註1〕徐在國：《傳抄古文字編》（北京：線裝書局，2006年10月），前言。

〔註2〕王國維：〈《史籀篇證》序〉，王國維：《觀堂集林》（石家莊：河北教育出版社，2001年6月），頁151～155。

〔註3〕王國維：〈《桐鄉徐氏印譜》序〉，王國維：《觀堂集林》，頁182～185。

〔註4〕王國維：〈戰國時秦用籀文六國用古文說〉，王國維：《觀堂集林》，頁186～187。

〔註5〕王國維：〈《說文》所謂古文說〉，王國維：《觀堂集林》，頁192～193。

〔註6〕王國維：〈《桐鄉徐氏印譜》序〉，王國維：《觀堂集林》，頁182。

〔註7〕何琳儀：《戰國文字通論（訂補）》（南京：江蘇教育出版社，2003年1月），頁45；馮勝君：《郭店簡與上博簡對比研究》（北京：線裝書局，2007年5月），頁319；楊澤生：〈孔壁竹書的文字國別〉，《中國典籍與文化》，2004年第1期，頁73～77。

豐富，因此亦有學者主張「古文」與楚系文字有關，如李學勤、何立民等人。〔註8〕張富海利用《說文解字》（以下簡稱《說文》）、石經古文，漢人注疏中所引錄之古文，《汗簡》、《古文四聲韻》（以下簡稱《四聲韻》）所引經籍古文進行研究，認爲漢人所謂的「古文」大部分是六國文字，小部分是非六國文字。六國文字以齊系的魯文字爲主，同時含有晉系與楚系成分；而非六國文字者，則包含少量西周金文與漢代小學家所考訂，甚至編造、拼湊的字形。〔註9〕

綜上所述，自漢代以降的傳抄古文與戰國文字具有深切淵源應是不爭的事實，何琳儀甚至將傳抄古文稱爲「地上戰國文字」。〔註10〕然而，相對於地下出土的戰國考古實物上所留存的文字，傳抄古文是一種比較複雜的特殊文字資料，這些材料源自於傳世的各種古文經書、古佚書、碑刻、字書、韻書等各種書寫載體，屬於古文字的轉抄材料。依傳抄古文的書寫形態變化，又可將之分爲「篆體古文」與「隸定古文」兩類。「篆體古文」主要特點是保留先秦文字的圓轉筆勢，它們是傳抄古文的早期形態。「隸定古文」則指用隸書或楷書的筆法來寫「古文」的字形。〔註11〕「篆體古文」主要保存在《說文》、三體石經、《汗簡》、《四聲韻》、《集篆古文韻海》（以下簡稱《韻海》）、《六書通》以及若干碑刻、墓誌當中；「隸定古文」則主要見於《玉篇》、《一切經音義》、《廣韻》、《集韻》、《類篇》、《龍龕手鏡》等字書當中，《四聲韻》除「篆體古文」外，亦蒐錄大量的「隸定古文」。

漢代以後，對於傳抄古文的保存較具代表性的應是宋代，重要的傳抄古文

〔註8〕李學勤：〈戰國楚簡與儒家經籍〉，《中國哲學》第20輯（瀋陽：遼寧教育出版社，1999年1月），頁20；何立民：〈也談孔壁古文〉，《山東行政學院山東省經濟管理幹部學院學報》，2004年第1期，頁126。

〔註9〕張富海：《漢人所謂古文之研究》（北京：線裝書局，2007年5月），頁331。

〔註10〕何琳儀：《戰國文字通論（訂補）》，頁34。

〔註11〕徐在國：《隸定古文疏證》（合肥：安徽大學出版社，2002年3月），頁1。林志強將傳抄古文的形態變化分爲三種情況：一、篆體古文：主要特點是保留先秦文字的圓轉筆勢，它們是傳抄古文的早期形態；二、隸體古文：用隸書筆勢寫定的古文，是篆體古文和楷體古文的中間環節；三、楷體古文：用楷書筆法寫定的古文。見林志強：〈論傳抄古文的形態變化及相關問題〉，中國文字學會、河北大學漢字研究中心編：《漢字研究（第一輯）》（北京：學苑出版社，2005年6月），頁500。由於隸體古文與楷體古文性質近似，故筆者採徐在國之分類方式。

字書如《汗簡》、《四聲韻》、《韻海》等皆爲此時期的產物。這些資料本身來源多方，比起漢代更顯龐雜，當中字形有些時代較早，有些時代較晚，有從碑刻、簡牘轉錄者，有從紙本抄寫者，亦有改隸作古者，加以其時去古已遠，長時間輾轉傳寫所造成的種種錯訛與人爲影響，造成傳抄古文無法呈現嚴整系統性的事實。它們雖與戰國文字關係密切，但與眞正的戰國文字已不可同日而語，面對這些材料，須考量更爲複雜的時間、空間，甚至人爲因素。

有別於出土文字材料的備受珍視，傳抄古文因其特殊的性質而遭受長期的質疑、冷落乃至於詆毀。由於是「傳抄」，屢經長期轉寫而產生的種種變數，諸如資料來源的紛雜、書寫載體的變化、時代條件、書寫者的文字學程度、整理者對文字的釋讀能力、對材料眞僞之鑑識能力、有心人士之僞託等等問題，導致這些文字材料不僅系統龐雜且眞僞參半，使前人對於傳抄古文不免抱持懷疑甚至蔑視的態度，以致有「務爲僻怪」、「奇詭不經」、「杜撰古字」等諸多批判。值得慶幸的是，隨著近代古文字研究的發展，使得這些傳抄古文愈來愈受到學界的重視。學者陸續發現這些傳抄古文的形體與部份甲骨、金文吻合，尤其是在近年來蓬勃發展的戰國文字中大量保存著與這些傳抄古文形體相符的例證，證明了這些文字其來有自，絕非向壁虛造，爲古文字之研究提供另一條重要途徑，傳抄古文的價値與重要性實不容輕忽。

第一節 研究主題說明

傳抄古文雖淵源於戰國文字，但它們經過歷代輾轉抄寫，產生種種字形上的變異，與眞正的戰國文字已有不同程度的區別，有的甚至形體迥異，難以辨識。傳抄古文由於收錄材料本身的特殊性質，呈現在相關字書中，往往可見釋文與其所收錄之古文形體，或所收錄古文彼此之間，其實並非一字，這種現象是在編纂傳抄古文字書時所無可避免的。如最早編成的傳抄古文字書——北宋郭忠恕的《汗簡》，其所收形體之所以體系龐雜、瑕瑜互見，除了多頭的來源外，郭忠恕於轉錄這些字體時未能全部忠實於原形亦是一大主因。黃錫全已提及《汗簡》中之「古文」有時字形多樣，郭氏爲了求得一致，機械地將其統一於他所規定的部首，將若干偏旁寫法做了統一，反而破壞了這些材料本來能更清楚呈現「文字異形」的功能；而有些原始材料應該是隸古定的字，郭氏取之以隸作古。〔註 12〕凡斯種種，皆導致其書中古文字形的失眞。此外，《汗簡》於其卷首說明編寫方式時云：「於本字下直作字樣之釋，不爲隸古，取其便識」。〔註 13〕此言已清楚說明了該字書中有相當一部分的「古文」與其所歸之楷體釋文並非一字，許多學者已指出當中存在大量假借字。如此收錄、轉寫、編列過程中的種種問題即是造成傳抄古文字書內容龐雜淆亂之主因。

傳抄古文形體與釋文間的關係錯綜複雜，或訛變、誤置、假借、異體等，這些現象對我們認識傳抄古文並進一步以之輔翼古文字釋讀，造成不小阻礙。當務之急，應該是透過全盤的整理，抽絲剝繭，如曾憲通所言：

> 必須詳細地佔有出土的戰國文字資料，充分吸收簡帛文獻的研究成果，羅集大量相關的字形，理出形體遞嬗演變的發展序列，抓住產生訛變的關鍵環節，揭示其形音義互相制約的特殊關係，順藤摸瓜，使其無所遁形。〔註 14〕

透過這些方法，尋求這些紛亂的構形現象之來源以還其眞實面貌，廓清傳抄古文龐雜的內在問題，才可以恢復其應有的價值，使其爲古文字研究提供更爲有力的助益。更重要的是，透過這個工作可以逐步建立起屬於傳抄古文本身的文字系統，此爲本論文最重要之研究動機。

本論文以「構形研究」爲題，而一般文字學界討論文字構形演變的觀點，主要著眼於簡化、繁化、異化、類化等類型，透過對某一時期、地域或某批特定材料的構形分析，呈現出當時、當地的構形演變習慣或特色。此類研究，在研究者所限定的範圍內，務須將所有文字材料搜羅齊備後，進行整理與歸納，其目的通常在反映某個特定範圍（時代或地域）文字的演變或使用現象，並據此歸納出文字演變的條例，以進一步考釋疑難字形，或運用某些具有特定時空背景的特殊構形，進行其他如分域、斷代等各種層面的深入研究。然而，傳抄古文的性質特殊，非日常書寫的通用文字，而是做爲一種研究或玩賞的對象被

〔註 12〕黃錫全：《汗簡注釋》（武漢：武漢大學出版社，1990 年 8 月），頁 19。

〔註 13〕〔宋〕郭忠恕、夏竦輯，李零、劉新光整理：《汗簡古文四聲韻》（北京：中華書局，1983 年 12 月），頁 1。

〔註 14〕徐在國：《傳抄古文字編》，曾憲通序。

後世人以反覆「抄錄」的方式保留下來，它的「構形現象」本身所反映的並非傳抄者的主觀書寫意識，而是反映對他們所認定的「古代文字」進行辨識、抄錄過程中的種種現象。且這些傳抄古文雖有許多是轉錄自古留傳的珍貴古文字字形（其時代上至甲金文，下及漢魏文字，來源多方），但當中存在的人爲錯誤、假造的成分仍舊無法清楚估計，它所反映的構形現象並不是某一時代或地區的特色，而是存在較複雜、多元的情況。舉例來說，《四聲韻》錄「戶」字古文作（1177.2.2），可與戰國楚系文字作（上三・周 52）合證，亦同於《說文》古文（1176.8.1）。對比前此的「戶」字，其下部的「木」旁應是一種「繁化」的現象，但夏竦在轉錄此形時，肯定不是有意「繁化」此字，只是照實摹錄其所見形體。相對於以出土文字爲素材的類似論著，筆者認爲傳抄古文較能反映的應該是「取材」與「轉寫訛變」的現象。是以不採簡化、繁化、異化、類化等類型論述傳抄古文之構形現象。

爲適應傳抄古文的性質，本論文所謂「構形研究」將鎖定在傳抄古文與其釋文關係的廓清。此類研究工作已有相關論著發表，如王丹〈《古文四聲韻》重文間的關係試探〉將《四聲韻》中楷釋字頭所收字形間的關係分爲「異體關係」、「假借關係」、「同義換讀關係」、「誤收和寫訛之字」四類。〔註 15〕徐在國於《傳抄古文字編》中則將傳抄古文字頭與其所隸形體之關係分爲「異體」、「通假」、「義同或義近」、「錯字」等四類。〔註 16〕本論文參酌前人分類，將傳抄古文與其釋文之關係分爲「異體字」、「通假字」、「近義字」與「誤植字」等四類。

其中「異體字」爲傳抄古文中之重要類型，「異體字」尚可區分爲構形屬性不同的「異構字」，以及因構件的書寫變異而導致筆畫數量、筆勢、筆順等書寫屬性略有差別的「異寫字」兩類。「異構字」可反映傳抄古文取材的多樣性，亦可體現若干古文字的構形演變規律。如同一字頭下所列諸形，或初文、後起字並見，或各自體現不同地域的文字風格；而文字義符、聲符之替換，或因不同時空背景產生構形模式不同的異體，皆是傳抄古文當中值得深究的問題。「異寫字」主要產生於形體書寫層次的變化，傳抄古文的形體訛變，是

〔註 15〕王丹：〈《古文四聲韻》重文間的關係試析〉，中國文字學會、河北大學漢字研究中心編：《漢字研究（第一輯）》，頁 238～243。

〔註 16〕徐在國：《傳抄古文字編》，前言。

其構形上的一大特色，也是其最受前人非議之處，這類現象多數導因於同一形體經反複抄寫而誤上加誤，通過「異寫字」之研究，有助於梳理傳抄古文中形體的訛變軌跡。「異構字」、「異寫字」分別可反映傳抄古文構形現象中的重要問題，展現不同的研究價値，且「異構字」、「異寫字」亦可再行分類，討論該現象當中的細部問題，故筆者將「異體字」區分爲「異構字」、「異寫字」兩種類型分別討論。

有別於「異體字」是一字的不同形體，「通假字」、「近義字」、「誤植字」與其所對應的釋文其實並非一字，由於聲近通假、義近換用與形體誤植等現象，皆屬於不同的用字關係，筆者將此三類合稱爲「異用字」。

本論文主要研究目的有二：

一、釐清釋文與所隸古文形體之關係

傳抄古文形體與釋文間的關係錯綜複雜，透過本論文之研究，一方面期望具體呈顯傳抄古文系統之整體概況；另一方面，傳抄古文既爲對古文字的輾轉傳錄，則其形體與釋文間之相互關係，或可作爲研考古文字（尤其是戰國文字）時的參考，如對於形體怪異的戰國文字，透過傳抄古文之線索，尋求可能的形體訛變規律，或是聲近通假、義近換用等不同的用字關係。

二、爬梳形體演變規律

傳抄古文因爲性質特殊，故存在較爲劇烈的字形演變情況。有時同一偏旁，而其形體卻大相逕庭，難以辨識；或有數個偏旁分別經過不同的轉寫訛變後，造成錯綜複雜的混同現象，這類字形淆亂的情況往往造成對傳抄古文形體辨識上的困難。若能透過字形的梳理，將若干常見偏旁之形體演變情況作一系統化的建構，對於傳抄古文形體辨識應有所幫助；同時將經常混用的偏旁進行整理，以利字形的考索；再進一步歸納傳抄古文形體演變或訛誤的規律。

第二節　研究材料概述

徐在國《傳抄古文字編》爲一部收錄「篆體古文」的工具書。本論文以該書所蒐集之「篆體古文」字形爲主要研究對象。該書蒐羅傳抄古文資料，以《說文》、石經、《汗簡》、《四聲韻》、《韻海》等傳世字書爲主，兼收碑刻、

墓誌、墓磚中的傳抄古文，時代由漢至金，其編排方式依《說文》順序排列，《說文》所無之字則按偏旁部首附于相應各部之後，至於不便於歸部及字形清晰但不知為何字者則列為附錄。該書「前言」對歷代傳抄古文材料保存之概況及其編中所錄材料之選取有詳盡說明，茲以其「前言」為主，參酌相關資料，簡要說明歷代重要傳抄古文材料及《傳抄古文字編》字形來源：〔註 17〕

一、《說文》

東漢許慎著。《說文・敘》云：「今敘篆文，合以古籀」。「古」指古文，「籀」指籀文，還收有若干「奇字」，「奇字」即古文之異體，以上三者即是《說文》中所錄傳抄古文的主體。據統計，《說文》標明「古文」者計四百八十字，標明「籀文」者計二百零九字，標明「奇字」有三字。〔註 18〕《傳抄古文字編》中《說文》諸形採中華書局影印清陳昌治刻本，僅錄《說文》明確標明「古文」、「籀文」、「奇字」者。

二、石經古文

孫海波《魏三字石經集錄》以收錄魏正始年間刊立的三體石經為主，該書已將石經材料大致蒐羅完備。然亦有所遺漏：宋人洪适《隸釋》所錄《左傳》遺字，顧頡剛、顧廷龍輯《尚書文字合編》錄有〈康誥〉、〈梓材〉、〈立政〉、〈顧命〉等篇的字形，商承祚《石刻篆文編》有個別殘石亦孫書未著錄者。而在孫書之後尚有若干新的石經材料面世，如日本京都大學人文科學研究所藏《春秋・僖公》石經拓本，邢義田、陳昭容〈一方未見著錄的魏三字石經殘石—史語所藏《尚書・多士》殘石簡介〉，中村不折〈禹域出土墨寶書法源流考〉皆公布前此未見著錄的殘石。〔註 19〕

《傳抄古文字編》中所錄石經古文採施謝捷《魏石經古文匯編》（未刊稿），此書為目前收集魏石經古文資料最完備者。

〔註 17〕以下論述，多由徐在國《傳抄古文字編》之前言擇要摘錄，見於此者不另加注，採他人論述補充者則另行加注，以資區別。

〔註 18〕王平：《說文重文研究》（上海：華東師範大學出版社，2008 年 12 月），頁 16。

〔註 19〕商承祚《石刻篆文編》、中村不折〈禹域出土墨寶書法源流考〉等孫海波《魏三字石經集錄》未見之材料說明，參張富海：《漢人所謂古文之研究》，頁 18。

三、碧落碑、陽華岩銘

《傳抄古文字編》所錄碧落碑諸形，採用施安昌《唐代石刻篆文》所錄故宮博物院藏明代拓本。碧落碑係唐代韓王李元嘉（唐高祖李淵第二十二子）李訓、李誼、李譔、李諶兄弟爲其母房太妃（房玄齡之女）造碧落天尊像於山西新絳縣龍興觀，並刻文於碧落天尊像之背，稱之爲碧落碑。碑文刻於唐總章三年（西元 670 年），全碑共計二十一行，每行三十二字，除去空缺，實有六百三十字。唐咸通十一年鄭承規奉命在碑陰下部書刻釋文。

《傳抄古文字編》所錄陽華岩銘諸形，採用施安昌《唐代石刻篆文》所錄拓本。陽華岩銘刻於唐永泰二年，在江華縣。由元結撰文，瞿令問書，刻於摩崖。前七行序文爲隸體，後三十五行銘文，仿三體石經體例，每字先古文，次小篆，再次隸書。

四、《汗簡》

宋人郭忠恕著，仿《說文》體例，按部首排列，分四卷。書名取典古人所謂「殺青書簡」，是用來標明古文淵源所自，說明古文是來源於古代用以「書簡」的文字。〔註 20〕《汗簡》徵引古書、碑刻凡七十餘種，將當時所見傳抄古文資料彙爲一編，對古文之流傳貢獻卓越。尤其是當中所徵引之材料今日多已散佚，更顯其彌足珍貴。今本《汗簡》共計蒐錄古文兩千九百六十一字，黃錫全《汗簡注釋》據《四聲韻》中注出《汗簡》者增補爲三千零七十三字。〔註 21〕《傳抄古文字編》採《四部叢刊》影印的馮舒本。

五、《四聲韻》

宋人夏竦著，此書在《汗簡》基礎上編撰而成，依唐《切韻》分爲四聲，以聲韻隸字，凡五卷。徵引材料達九十餘種，錄古文九千餘字，較《汗簡》更爲豐富。《傳抄古文字編》採中國國家圖書館藏宋刻本，個別不清楚者，採用吉林大學圖書館藏羅振玉石印本。

此外，《傳抄古文字編》亦收錄北京圖書館藏宋紹興乙丑（西元 1145）齊

〔註20〕李零：〈《汗簡、古文四聲韻》出版后記〉，〔宋〕郭忠恕、夏竦輯，李零、劉新光整理：《汗簡古文四聲韻》，頁 2。

〔註21〕黃錫全：《汗簡注釋》，頁 4。

安郡學本的殘卷。此書題爲《集古文韻》，僅存卷三上聲一卷（以下簡稱《集上》），其收字、排列順序、數目與形體皆與宋刻本《四聲韻》不同，對於研究《四聲韻》之分韻、文字形體以及引書都有一定參考價值。

六、三體陰符經

宋人郭忠恕寫。用篆書、隸體、古文三體書寫，其中篆書字大，隸書、古文分列左右，字小。此經刻在唐懷惲禪師碑陰，現存西安碑林。著錄於楊守敬《續寰宇訪碑錄》，又收入《楊守敬全集》。《傳抄古文字編》的三體陰符經拓本，得於李家浩處。

七、《韻海》

宋人杜從古著。在《汗簡》、《四聲韻》等書的基礎上編撰而成，所收古文頗爲龐雜。杜從古在該書自序中謂「今輒以所集鐘鼎之文、周秦之刻，下及崔瑗、李陽冰筆意近古之字，句中正、郭忠恕碑記集古之文……又爬羅《篇》、《韻》所載古文，詳考其當，收之略盡」。〔註22〕收錄了前此字書較少見的銅器銘文，並將《類篇》、《集韻》中之隸體改寫爲「古文」，同時編中載錄之字不注出處，造成使用與研究上的困難。《傳抄古文字編》採《宛委別藏》影舊抄本三冊，1995年商務印書館依故宮博物院藏本影印。

八、其　他

除前述較爲集中的字書材料外，《傳抄古文字編》尚錄有若干碑、志資料，如1958年出土於河南省方城縣鹽店庄村宋墓中的「宋古文磚」，宋故中山劉府君墓誌，大嚮記碑，金代虞寅墓誌等。這些資料少則三字（大嚮記碑），多則數十字（宋古文磚），較爲零散。

元代以後的傳抄古文資料，則因篇幅過大且絕大多數爲輾轉抄錄，不出《說文》、石經、《汗簡》、《四聲韻》等書的範疇，故《傳抄古文字編》未予收錄。

除《傳抄古文字編》外，徐在國與黃德寬另輯成《古老子文字編》，對與

〔註22〕〔宋〕杜從古撰，〔清〕阮元輯：《宛委別藏・集篆古文韻海》（南京：江蘇古籍出版社，1988年2月），自序。

《老子》有關之傳抄古文字形的蒐羅較《傳抄古文字編》詳盡，筆者於考釋形體時多有採用。〔註23〕而鑑於《韻海》中多錄青銅器銘文且字形多不載出處，筆者採宋代《歷代鐘鼎彝器款識法帖》、元代楊鉤《增廣鐘鼎篆韻》、明代閔齊伋《六書通》等書加以比勘參酌，以確定材料之來源與推測形體演變軌跡。〔註24〕

此外，筆者亦盡力蒐求相關可資參酌、比對之工具書、專著、學位論文、期刊論文、網路資訊以利研究工作之進行。就目前之研究成果顯示，戰國文字與傳抄古文關係最爲密切，因此如何有效吸收前人研究成果，站在已有的研究基礎上進行發揮，是此研究能否確實有效之重要關鍵。

第三節　前人研究回顧

前人對於傳抄古文的研究主要聚焦在《說文》與三體石經古文上，對於年代較晚的《汗簡》、《四聲韻》等書則較少關注，甚至抱持懷疑與蔑視的態度。而隨著近年來戰國文字研究的勃興，學者開始正視《汗簡》、《四聲韻》等書的價值，相關論著日益豐富。茲依研究對象與主題劃分，將前人對於傳抄古文之研究概況略述如下：

一、《說文》古文與石經古文研究

對於《說文》古文的研究，隨著「《說文》學」的發展已累積相當可觀的成果。針對文字構形的研究，主要採取自甲骨以來的出土文字與《說文》古文相互參證，作形體的分析，考其字形之源流與演變軌跡。如舒連景《說文古文疏證》，〔註25〕商承祚《說文中之古文考》，〔註26〕邱德修《說文解字古文釋形考述》。〔註27〕學位論文如張維信《說文解字古文研究》、〔註28〕陳鎮卿《說文解

〔註23〕徐在國、黃德寬編著：《古老子文字編》（合肥：安徽大學出版社，2007年8月）。

〔註24〕〔元〕楊鉤撰，〔清〕阮元輯：《宛委別藏·增廣鐘鼎篆韻》（南京：江蘇古籍出版社，1988年2月）；〔明〕閔齊伋輯，〔清〕畢弘述篆訂：《訂正六書通》（上海：上海書店，1981年3月）。

〔註25〕舒連景：《說文古文疏證》（上海：商務印書館，1937年1月）。

〔註26〕商承祚：《說文中之古文考》（上海：上海古籍出版社，1983年3月）。

〔註27〕邱德修：《說文解字古文釋形考述》（臺北：臺灣學生書局，1974年6月）。

字古文形體試探》等。〔註29〕祝敏申《說文解字與中國古文字學》中附錄「《說文》重文與考古材料對照表」，收錄《說文》古文及可與之合證的古文字形體，並標注這些古文字的國別與時代。〔註30〕何琳儀《戰國文字通論（訂補）》亦立專節討論《說文》古文與戰國文字之關係，除確認《說文》所保留的五百多個古文是先秦以前簡冊文字的轉抄材料，來源於孔子壁中書之類的古文經外，更列舉戰國六國文字與《說文》古文可合證之例近二百字，較全面地吸收戰國文字研究成果，佐證《說文》古文與戰國文字的淵源。〔註31〕單篇論文方面如李天虹〈《說文》古文校補29則〉、〈《說文》古文新證〉，以新出土文字材料，對《說文》形體進行新的詮釋與訂補。〔註32〕〔註33〕趙平安：〈《說文》古文考辨（五篇）〉，〔註34〕李守奎〈《說文》古文與楚文字互證三則〉，劉樂賢〈《說文》法字古文補釋〉、〈說《說文》古文愼字〉，〔註35〕徐在國〈試說《說文》「籃」字古文〉，〔註36〕蘇師建洲〈《說文》古文補說兩則〉、〈釋《語叢》、《天子建州》幾個从「乇」形的字——兼說《說文》古文「垂」〉〔註37〕皆以新出土文字材料

〔註28〕張維信：《說文解字古文研究》（臺北：國立臺灣大學中文研究所碩士論文，1974年6月）。

〔註29〕陳鎮卿：《說文解字古文形體試探》（中壢：國立中央大學中文研究所，1996年6月）。

〔註30〕祝敏申：《說文解字與中國古文字學》（上海：復旦大學出版社，1998年12月）。

〔註31〕何琳儀：《戰國文字通論（訂補）》，頁41～57。

〔註32〕李天虹：〈《說文》古文校補29則〉，《江漢考古》1992年第4期，頁76～82；李天虹：〈《說文》古文新證〉，《江漢考古》1995年第2期，頁73～81。

〔註33〕李守奎：〈《說文》古文與楚文字互證三則〉，《古文字研究》第24輯（北京：中華書局，2002年7月），頁468～472。

〔註34〕趙平安：〈《說文》古文考辨（五篇）〉，河北大學學報（哲學社會科學版）第23卷第1期，1998年3月，頁17～20。

〔註35〕劉樂賢〈《說文》法字古文補釋〉，《古文字研究》第24輯，頁464～467；劉樂賢〈說《說文》古文愼字〉，《考古與文物》1993年第4期。

〔註36〕徐在國：〈試說《說文》「籃」字古文〉，中國古文字研究會、華南師範大學文學院編：《古文字研究》第26輯（北京：中華書局，2006年11月），頁496～498。

〔註37〕蘇師建洲：〈《說文》古文補說兩則〉，蘇師建洲：《《上博楚竹書》文字及相關問題研究》（臺北：萬卷樓，2008年2月），頁201～204；蘇師建洲：〈釋《語叢》、《天子建州》幾個从「乇」形的字——兼說《說文》古文「垂」〉武漢大學「簡帛研究

對個別的《說文》古文形體進行考釋。

前人對三體石經古文的研究亦極爲豐富，王國維有〈魏石經考〉、〈魏石經殘石考〉，前者考證石經之源流並兼論形體；後者分碑圖、經文異同、古文三章，全面研究石經古文的相關問題。〔註 38〕章太炎〈新出三體石經考〉探析石經源流，並考釋石經古文一百五十九字。〔註 39〕孫海波〈魏三字石經輯錄〉除承王國維〈魏石經殘石考〉三章外，增加拓本、源流兩章。並按《說文》分部，考釋古文三百九十七字。〔註 40〕邱德修《魏石經古文釋形考述》共論石經古文九十七字，採出土文字材料與《說文》、典籍相關材料對石經古文進行集釋考證。〔註 41〕邱德修《魏石經初撢》除石經相關問題研究外，書末附《魏石經古篆字典》，共收本文四百三十字，存考十六字，補遺二十九字，共計四百七十五字。〔註 42〕王慧《魏石經古文集釋》收錄相關學者對於石經古文的考釋意見，彙集各家研究石經古文之成果。〔註 43〕趙立偉《魏三體石經古文輯證》則是聯繫出土古文字材料，以表格形式呈現石經古文與出土文字合證之情況，並由簡化、繁化、偏旁變換、筆勢變異、形體訛變、以隸作古等六個方面總結石經古文的形體演變特點。〔註 44〕何琳儀《戰國文字通論（訂補）》亦立專節討論石經古文，石經古文與《說文》古文互有異同，若干石經古文形體雖不同於《說文》，卻可與六國文字互證，甚至上合殷周古文，淵源甚古；或形體較《說文》典正；或與《說文》互爲異體；或與《說文》互爲通假。石經古文與《說文》古文的歧異，亦足以體現戰國文字形體多變的特質。〔註 45〕

中心網站」，2008 年 11 月 18 日。http://www.bsm.org.cn/show_article.php?id=898。

〔註 38〕王國維：〈魏石經考〉，王國維：《觀堂集林》，頁 592～605；王國維：〈魏石經殘石考〉，王國維：《王國維遺書》第九冊（上海：上海古籍書店，1983 年 9 月）。

〔註 39〕章太炎：〈新出三體石經考〉，上海人民出版社編，《章太炎全集（七）》（上海：上海人民出版社，1999 年 5 月）。

〔註 40〕孫海波：《魏三字石經集錄》（臺北：藝文印書館，1975 年 9 月）。

〔註 41〕邱德修：《魏石經古文釋形考述》（臺北：臺灣學生書局，1977 年 5 月）。

〔註 42〕邱德修：《魏石經初撢》（臺北：學海出版社，1978 年）。

〔註 43〕王慧：《魏石經古文集釋》（合肥：安徽大學碩士論文，2004 年 5 月）。

〔註 44〕趙立偉：《魏三體石經古文輯證》（北京：社會科學文獻出版社，2007 年 9 月）。

〔註 45〕何琳儀：《戰國文字通論（訂補）》，頁 58～68。

此外，亦有綜合《說文》與石經古文進行研究者，如曾憲通〈三體石經古文與《說文》古文合證〉，〔註46〕馮勝君《郭店簡與上博簡對比研究》附列「《說文》古文、三體石經古文與戰國文字對照表」，將戰國文字分爲齊、晉、燕、楚、秦等五域分別與古文進行比對，並標列相似指數，將古文進行仔細的分域研究。〔註47〕張富海的《漢人所謂古文之研究》結合新出土材料對《說文》古文、石經古文進行逐字考釋，並對漢人注疏中所引錄之古文，《汗簡》、《四聲韻》中所引經籍古文進行研究，以釐清漢人所謂「古文」的眞實面貌。〔註48〕

二、《汗簡》、《四聲韻》研究

《汗簡》的研究方面，清人鄭珍的《汗簡箋正》是第一部系統而全面研究《汗簡》的專著。對《汗簡》的徵引書目作了詳細的考索，並利用《四聲韻》校正《汗簡》，對《汗簡》古文形體作出許多精闢論述。〔註49〕然《汗簡箋正》是爲批判《汗簡》而作，表明該書中所錄形體，除《說文》、石經外，「大抵好奇之輩影附詭託，務爲僻怪，以炫末俗」。由於鄭珍未及親睹近代出土豐富的戰國文字材料，故對《汗簡》之評價未免有失偏頗。〔註50〕近人之研究則以黃錫全《汗簡注釋》最具代表性，利用古文字資料全面考證《汗簡》所錄形體，由字形的合證情況揭示了該書的學術價值，扭轉前人對此書的錯誤印象。〔註51〕然此書付梓已逾二十年，近年來進展迅速的戰國文字研究成果該書均未及採納。學位論文方面有楊慧眞《汗簡異部重文的再校訂》，透過形、音、義之分析，將《汗簡》中異部重出字釐清，根據古文形體與楷體釋文之關係，考查出異體字、通用字、假借字、誤釋字與誤歸部字等類型。〔註52〕

〔註46〕曾憲通：〈三體石經與說文古文合證〉，四川大學歷史系古文字研究室編：《古文字研究》第7輯（北京：中華書局，1982年6月），頁273～289。

〔註47〕馮勝君：《郭店簡與上博簡對比研究》，頁332～462。

〔註48〕張富海：《漢人所謂古文之研究》（北京：線裝書局，2007年5月）。

〔註49〕〔清〕鄭珍：《汗簡箋正》（北京：中華書局，2011年6月，清光緒十五年廣雅書局刻本）。

〔註50〕黃錫全：《汗簡注釋》，頁7。

〔註51〕黃錫全：《汗簡注釋》（武漢：武漢大學出版社，1990年8月）。

〔註52〕楊慧眞：《汗簡異部重文的再校訂》（北京：北京語言文化大學碩士論文，2002年

《四聲韻》方面，許師學仁《古文四聲韻古文研究（古文合證篇）》，透過與出土文字的合證，考釋古文形體一百一十四字，將之與甲金文、秦系文字、東土文字、現今流傳的傳抄古文進行深入的比勘研究，並特別重視其中的古文字形自甲骨文以降的歷時性演變，每字下皆詳細構擬文字演變序列，書末附錄「《古文四聲韻》資料分析表」，呈現《四聲韻》、《汗簡》徵引文獻之對比情形，與《四聲韻》徵引各種資料的數據統計。〔註 53〕學位論文方面，李綉玲《古文四聲韻古文探賾》參酌出土文字，逐條考釋疑難形體，並歸納《四聲韻》古文簡化、繁化、異化、類化等構形規律，探討形體訛誤、歸字與古文眞僞等相關問題。〔註 54〕國一姝《古文四聲韻異體字處理訛誤的考析》從異體字整理的角度對釋字與被釋字的非異體關係（包括通假和誤釋）進行考析，並據出土文字材料分析字形訛誤情況。〔註 55〕

綜合二書所錄形體進行研究者，如何琳儀《戰國文字通論（訂補）》立專節討論《汗簡》、《四聲韻》古文之相關問題，透過與出土文字的形體比對，論證二書所錄諸形與戰國文字相符之比例遠超過與殷周古文相符者，確認二書中之古文與戰國文字具有更爲密切的淵源。〔註 56〕學位論文方面，有王丹《汗簡與古文四聲韻新證》，該書吸收最新學術成果，對此二書中所錄之形體提出新的考釋意見。〔註 57〕李春桃指出其篇幅過小，只選擇性的討論部分形體，對版本、誤植、時代、國別等問題均未涉及。〔註 58〕

單篇論文方面，有曾憲通〈論《汗簡》古文之是非得失〉，〔註 59〕黃錫全〈《汗

---

5 月）。

〔註 53〕許師學仁：《古文四聲韻古文研究（古文合證篇）》（待刊）。

〔註 54〕李綉玲：《古文四聲韻古文探賾》（嘉義：國立中正大學中國文學研究所博士論文，2009 年 7 月）。

〔註 55〕國一姝：《古文四聲韻異體字處理訛誤的考析》（北京：北京語言文化大學碩士論文，2002 年 6 月）。

〔註 56〕何琳儀：《戰國文字通論（訂補）》，頁 69～81。

〔註 57〕王丹《汗簡與古文四聲韻新證》（北京：北京師範大學博士學位論文，2009 年 5 月）。此書筆者未見，王丹之說皆見李春桃轉引。李春桃：《傳抄古文綜合研究》（長春：吉林大學古籍研究所博士論文，2012 年 6 月）。

〔註 58〕李春桃：《傳抄古文綜合研究》，頁 2。

〔註 59〕曾憲通：〈論《汗簡》古文之是非得失〉，曾憲通：《曾憲通學術文集》（汕頭：汕

簡》、《古文四聲韻》中之石經、《說文》古文的研究〉、〈《汗簡》、《古文四聲韻》中之《義雲章》古文的研究〉、〈利用《汗簡》考釋古文字〉，〔註60〕陳榮軍〈汗簡研究綜述〉，〔註61〕王丹〈《古文四聲韻》重文間的關係試析〉、〈《汗簡》、《古文四聲韻》傳抄古文試析〉、〈《汗簡》、《古文四聲韻》研究綜述〉，〔註62〕李春桃〈《汗簡》、《古文四聲韻》所收古文誤置現象校勘（選錄）〉、〈傳抄古文釋讀（五則）〉、〈古文考釋八篇〉等。〔註63〕

三、其他傳抄古文研究

對其他傳抄古文材料之研究，如對歷代傳抄的古文《尚書》字形進行研究者有許舒絜《傳抄古文《尚書》文字之研究》、林志強《古本尚書文字研究》；〔註64〕

頭大學出版社，2002年7月），頁429～434。

〔註60〕黃錫全：〈利用《汗簡》考釋古文字〉，中國古文字研究會、中華書局編輯部、陝西省考古研究所編：《古文字研究》第15輯（北京：中華書局，1986年6月）頁135～152；黃錫全：〈《汗簡》、《古文四聲韻》中之石經、《說文》古文的研究〉，中國古文字研究會、中華書局編輯部編：《古文字研究》第19輯（北京：中華書局，1992年8月），頁509～536；黃錫全：〈《汗簡》、《古文四聲韻》中之《義雲章》古文的研究〉，吉林大學古文字研究室編，《古文字研究》第20輯（北京：中華書局，2000年3月），頁242～262。

〔註61〕陳榮軍：〈汗簡研究綜述〉，《鹽城工學院學報》（社會科學版），2004年第4期，頁44～47。

〔註62〕王丹：〈《古文四聲韻》重文間的關係試析〉，中國文字學會、河北大學漢字研究中心編：《漢字研究（第一輯）》，頁238～243；王丹：〈《汗簡》、《古文四聲韻》傳抄古文試析〉，復旦大學「出土文獻與古文字研究中心網站」，2009年4月28日。http://www.guwenzi.com/SrcShow.asp?Src_ID=773；王丹：〈《汗簡》、《古文四聲韻》研究綜述〉，復旦大學「出土文獻與古文字研究中心網站」，2009年4月25日。http://www.gwz.fudan.edu.cn/SrcShow.asp?Src_ID=767。

〔註63〕李春桃：〈《汗簡》、《古文四聲韻》所收古文誤置現象校勘（選錄）〉，武漢大學「簡帛研究中心網站」，2011年4月13日。http://www.bsm.org.cn/show_article.php?id=1449；李春桃：〈傳抄古文釋讀（五則）〉，中國文字編輯委員會編：《中國文字》新三十六期（臺北：藝文印書館，2011年1月），頁89～98；李春桃：〈古文考釋八篇〉，武漢大學「簡帛研究中心網站」，2011年4月13日。http://www.bsm.org.cn/show_article.php?id=1447。

〔註64〕許舒絜：《傳抄古文《尚書》文字之研究》，（臺北：國立臺灣師範大學博士論文，2011

對傳抄古文碑刻之研究，以碧落碑較爲集中，如江梅《碧落碑研究》，〔註 65〕唐蘭〈懷鉛隨錄〉、〔註 66〕陳煒湛〈碧落碑中之古文考〉、陳煒湛〈碧落碑研究〉、〔註 67〕徐剛〈碧落碑考釋〉；〔註 68〕對古文《老子》碑之研究者，有郭子直〈記元刻古文《老子》碑兼評《集篆古文韻海》〉，黃德寬、徐在國〈傳抄《老子》古文輯說〉。〔註 69〕

而傳抄古文中除了篆體古文外，尚有隸定古文。隸定古文之研究以徐在國《隸定古文疏證》爲代表，選取《說文》、《玉篇》、《篆隸萬象名義》、《類篇》、《廣韻》、《集韻》等字書與韻書中所錄隸定古文進行形體的考釋，利用傳世與新出的文字資料考證字形的源流與演變，並清理當中的誤置現象。〔註 70〕單篇論文尚有徐在國〈談隸定古文中的義近誤置字〉、黃德寬〈讀《隸定古文疏證》〉等。〔註 71〕

四、綜合研究：

打破各種資料之界限，以各類傳抄古文材料進行研究者，如裴大泉《傳抄古文用字研究》取《說文》、石經、《汗簡》、《四聲韻》與隸定古文等材料，由形、音、義等角度，探討傳抄古文的用字情況，主要工作仍是清理釋文與古文形體中所存在的異體、通假、義近等相互關係。〔註 72〕李春桃《傳抄古文綜合

年 1 月）；林志強：《古本尚書文字研究》（廣州：中山大學出版社，2009 年 4 月）。

〔註 65〕江梅：《碧落碑研究》（長春：東北師範大學碩士論文，2004 年）。

〔註 66〕唐蘭：〈懷鉛隨錄〉，北平燕京大學《考古學社社刊》（北京：北平燕京大學考古學社，1936 年 12 月），148～156。

〔註 67〕陳煒湛：《陳煒湛語言文字論集》（上海：上海古籍出版社，2005 年 10 月），頁 94～115。

〔註 68〕徐剛：〈碧落碑考釋〉，《文史》2004 年第 4 輯，頁 181～204。

〔註 69〕郭子直：〈記元刻古文《老子》碑兼評《集篆古文韻海》〉，吉林大學古文字研究室編：《古文字研究》第 21 輯（北京：中華書局，2001 年 10 月），頁 349～360；黃德寬、徐在國：〈傳抄《老子》古文輯說〉，《中央研究院歷史語言研究所集刊》第 73 本，第 2 分，2002 年 6 月，頁 205～215。

〔註 70〕徐在國：《隸定古文疏證》（合肥：安徽大學出版社，2002 年 3 月）。

〔註 71〕徐在國：〈談隸定古文中的義近誤置字〉，《古籍整理研究學刊》1998 年第 6 期，頁 25～26；黃德寬：〈談《隸定古文疏證》〉，《史學集刊》，2003 年第 2 期，頁 102～104。

〔註 72〕裴大泉：《傳抄古文用字研究》（廣州：中山大學碩士論文，1992 年 6 月）。

研究》分上下兩編，上編爲綜合討論，目的在於建立傳抄古文研究的理論體系，觸及的面向廣泛：論述傳抄古文之來源、流傳與前人研究成果，舉例論證傳抄古文對出土文獻及傳世文獻的意義與價值，從校勘角度探討古文文本問題，清理古文誤植的現象，討論《四聲韻》的版本問題，同時歸納古文形體的特點及考釋方法，並由時代與國別對傳抄古文進行對比研究，強調時代差異性與國別特徵對傳抄古文研究的重要性，並附錄「《汗簡》、《古文四聲韻》中古文與古文字形體對照表」，依時代、國別排列相關出土文字材料，以揭示傳抄古文與出土文字之對應關係。下編則是對傳抄古文的字形考釋，整理傳抄古文用字的情況，主要分爲音近與義近關係兩類，屬於字典性質。〔註73〕

徐剛《古文源流考》則從學術史角度，論述漢代、六朝、隋唐以迄宋代古文流傳的基本情況，揭示各歷史階段傳抄古文的特點；並詳考古文經書在歷史上的流傳歷程，對《汗簡》、《四聲韻》中所引錄的如郭顯卿《字指》、李商隱《字略》、王存乂《切韻》等字書加以考查，論述相關的人與事，補充學術史上的空白；並整理金石碑刻上的古文材料，從而建立起傳抄古文的學術發展軌跡。〔註74〕

五、文字編與論著目錄

除了上述對傳抄古文的研究論著外，亦有若干的文字編與研究目錄彙編面世，由材料整理的角度，對傳抄古文的研究做出貢獻。文字編方面，如商承祚《石刻篆文編》收錄部分三體石經古文，〔註75〕施謝捷全面蒐錄三體石經古文編纂《魏石經古文匯編》（未刊稿）。顧詰剛、顧廷龍《尙書文字合編》則對石經中《尙書》的拓本作了全面的收錄。〔註76〕徐在國《傳抄古文字編》是目前收錄傳抄古文較爲詳盡的工具書。〔註77〕徐在國、黃德寬另編有《古老子文字編》，收集竹簡、帛書、字書、碑刻等與《老子》相關的文字材料。〔註78〕目錄

〔註73〕李春桃：《傳抄古文綜合研究》（長春：吉林大學古籍研究所博士論文，2012年6月）。

〔註74〕徐剛：《古文源流考》（北京：北京大學出版社，2008年3月）。

〔註75〕商承祚：《石刻篆文編》（北京：中華書局，1996年10月）。

〔註76〕顧詰剛、顧廷龍：《尙書文字合編》（上海：上海古籍出版社，1996年1月）。

〔註77〕徐在國：《傳抄古文字編》（北京：線裝書局，2006年10月）。

〔註78〕徐在國、黃德寬編著：《古老子文字編》（合肥：安徽大學出版社，2007年8月）。

方面，徐在國輯有〈傳抄古文論著目〉分「著作」與「論文」兩部分，依時間順序排列，收錄 2003 年以前與傳抄古文相關的研究論著。〔註 79〕

第四節　研究步驟與章節安排

一、研究步驟

本論文實際操作流程如下：

（一）字形掃瞄與分類

首先將《傳抄古文字編》字形透過電腦掃瞄以將之數位化，然後依序將字編中之字頭下所收錄之字形進行初步分類。

（二）文字考釋

此部分主要工作有二：

1、在前人研究的基礎上，利用古代典籍、地下出土材料與當前文字學已積累的研究成果，廓清這些古文形體結構，及同一字頭下所錄形體之相互關係。

2、採用「二重證據法」，通過傳抄古文與實際出土的古文字材料之比勘，詳考這些古文形體的來源。王國維〈古史新證〉謂：

> 吾輩生於今日，幸於紙上之材料外，更得地下之材料。由此種材料，吾輩固得據以補正紙上之材料……此二重證據法，惟在今日始得爲之。雖古書之未得證明者，不能加以否定，而其已得證明者，不能不加以肯定。可斷言也。〔註 80〕

同時，傳抄古文形體來源多方且屢經反覆轉錄，故透過不同字書、版本的檢核、校勘，可相互參證古文的收錄情況與形體演變軌跡。透過這些研究工作，除可將形體來源有據之傳抄古文與甲、金文、戰國文字相合的部分進行統整之外，更可進一步揀摘出傳抄古文中形體來源不明或後世變造之「假古文」，以及形體嚴重錯訛者，釐清傳抄古文中被前人指爲「僻怪」、「奇詭」、

〔註 79〕徐在國：〈傳抄古文論著目〉，《中文文字學報》第 1 輯，2006 年 12 月，頁 214～231。

〔註 80〕王國維：《王國維先生全集初編．古史新證》（臺北：大通書局有限公司，1976 年 7 月），頁 4794。

「杜撰」之部分原因。

3、傳抄古文構形系統歸納：

經由上一研究步驟將同一字頭下收錄形體之相互關係釐清後，將之區分爲異體、假借、近義、誤植等情況，以求具體呈現這些傳抄古文在傳寫與使用上的實況。一方面呈顯傳抄古文構形系統之整體概況；另一方面，則可將傳抄古文字頭與所隸形體相互關係的線索，作爲研考古文字（尤其是戰國文字）時的參考。

而將傳抄古文各自置於其發展序列中去觀察，通過排比大量的出土文字與後世相關字書載錄之形體，推求傳抄古文形體來源，追溯其形體演變之過程，嘗試由文字考釋之結果總結出形變之規律。

二、章節安排

本論文分爲上、下兩編，下編爲對傳抄古文形體的逐字考釋，依徐在國《傳抄古文字編》收字順序排列，考釋其書所錄字形。

上編則在字形考釋的基礎上，進一步論述傳抄古文的構形現象。經由筆者之歸納，將傳抄古文中字頭與古文形體之關係分爲「異體字」、「通假字」、「近義字」、「誤植字」四類。

其中「異體字」因其構形情況分別具有不同的研究意義，再析爲「異構字」與「異寫字」兩章。

「通假字」、「近義字」、「誤植字」與其所對應的釋文其實並非一字。傳抄古文中存在大量的「通假字」已是學界普遍的共識，前此研究中如李綉玲、李春桃等人對此已有較爲體系性的統整，本論文由下編字形考釋所及，以表格方式呈現傳抄古文之通假使用情況及其音理關係；「近義字」、「誤植字」相對於「異體字」與「通假字」，數量較爲有限，且前此研究對之已大致掌握，本論文由字形考釋之成果，略作訂補並探討相關問題。考量論文章節架構之對稱性，將「通假字」、「近義字」、「誤植字」三者合爲「異用字」一章。

「結論」則將下編文字考釋所得，以及上編對傳抄古文構形現象之分類、形體演變規律之爬梳等內容撮要歸納、簡述之，以呈現本論文之整體研究成果。

第二章　傳抄古文異構字的類型

「異構字」是指記詞功能相同但構形屬性有所不同的字。「異構字」彼此間的差異，主要體現在構件數量、結構關係以及所選構件等方面，起碼有一項存在差別。異構字的構意肯定是有或多或少的差別，但它們記錄漢語的功能是相同的。異構字有以下兩種基本類型：

（1）構形模式相同而構件不同的異構字：都是會意字，而表義構件不同，如：「笔」與「筆」、「明」與「朙」；都是形聲字，而表義構件不同，如：「歎」與「嘆」、「絝」與「袴」；都是形聲字，而表音構件不同，如：「線」與「綫」、「吟」與「唫」；都是形聲字，而表義構件和表音構件都不同，如：「村」與「邨」、「剩」與「賸」。

（2）因構形模式不同而形成的異構字：如「泪」與「淚」，「泪」从水、从目會意，「淚」从水、戾聲則爲形聲字。〔註1〕

漢字之所以可以通過改換相關構件這種方式來構造異體，是因爲凡語義相近的字，在偏旁裡往往可以通用。而漢字聲符在表音時只要能提示讀音而不用準確表音，故音近聲旁往往也可以通用。漢字「義近形旁通用」、「音近聲旁通用」的內在法則，使得漢字改換相關構件成爲可能。

〔註1〕王寧主編：《漢字學概要》（北京：北京師範大學出版社，2001年6月），頁94～96。

本章針對傳抄古文中之「異構字」進行分類並個別舉例論述，爲求清楚呈現傳抄古文字在構形屬性方面的區別與論文架構的考量，針對上文所引異構字的兩種基本類型進行若干調整：

（1）合體字中的形聲、會意兩類，皆存在「義符」替換現象，一般論述中皆將之分開。然本章著眼於討論傳抄古文字形構件的變化情形，六書之區別並非討論重點，且傳抄古文中「義符」替換現象尚有若干問題須分項討論，爲免分類瑣碎，故本文不再明確區別形聲、會意兩者的「義符」替換。

（2）爲突顯「義符」與「聲符」之替換現象，本章對此兩種構件替換現象，所選取之標準在於：全字結構中除單一「義符」或「聲符」之替換外，其餘構件完全相同者。

（3）形聲字「義符」與「聲符」皆替換的類型，由於非單一構件的變化，故不列入前述兩類，而「義符」與「聲符」皆不同的形聲字，雖構字方法相同，但應是反映不同的「義符」取義角度，並表現當時、當地不同的語音面貌，其構形概念應有區別。故本文將之與構形模式不同者置於一類，定爲「構形概念不同」者。〔註2〕

（4）關於「異構字」構件數量之變化，由於牽涉其他構形現象問題，多可置於論文其他章節中論述，故筆者不另立專節討論。詳細情形如下：構形模式不同所造成的構件數量差別，如象形初文的「云」字與增添聲符的「雲」字等，「云」爲獨體的象形字，僅有一個獨立的構件，而「雲」字从雨、云聲，構件數有兩個，此類現象將納入本章「構形模式不同」之類型討論；「義符」與「聲符」之替換有時亦造成構件數量變化，如「義符」中「彳」與「辵」、「行」之替換，「聲符」如「逢」、「夆」之替換，此類字例置於本章「義符」與「聲符」替換之類型討論；若干構件的有無，如「工」字篆文作「工」，《說文》、石經古文作「𢒄」，此兩種偏旁寫法皆見於从「工」諸字，然此種現象應是反映傳抄古文所本資料來源的不同，此部分將列入第三章偏旁異寫部分討論。〔註3〕

〔註2〕單一「義符」與「聲符」之替換，無疑亦有造字概念之差別，如此分類乃考量論文架構之平衡，非否認單一「義符」與「聲符」之替換不具造字概念之差別。

〔註3〕傳抄古文中另有較特殊的「形體重複」類型，亦反映構件數量之差異，此類古文多出於後世俗體而非戰國文字。李春桃《傳抄古文綜合研究》已有較集中的討論，故筆者略之。參李春桃：《傳抄古文綜合研究》（長春：吉林大學古籍研究所博士

經過調整後，本文將傳抄古文中之「異構字」分爲以下三種主要類型：

（1）義近偏旁替換：合體字中其餘構件不變，而單一義符替換者。

（2）音近偏旁通用：形聲字中其餘構件不變，而單一聲符替換者。

（3）構形概念不同：構形模式不同與形聲字「義符」與「聲符」皆替換者。

第一節　傳抄古文義近偏旁替換釋例

一、義近偏旁替換釋例

義近偏旁替換爲古文字構形中常見的現象，或稱「義近替代」、「義近通用」、「形符互換」、「義近形旁通用」等。何琳儀《戰國文字通論（訂補）》謂：

> 合體字偏旁，尤其形聲字形符，往往可用與其義近的表意偏旁替換，這就是古文字中習見的「形符互換」現象。形符互換之後，形體雖異，意義不變。〔註4〕

林師清源《楚國文字構形演變研究》謂：

> 偏旁「義近替代」現象，是指幾個字義相近的義符，在不改變造字本義的前提下，彼此相互替代的現象。〔註5〕

綜合上引二位學者之說法，可知此類構形現象以合體字爲前提，彼此替換的義符必須意義相近，且義符替換後該字之意義並未發生變化。而林師清源對於義符的替換現象另外提出「異義別構」之說，指文字受造字觀點轉變等因素的影響，各自選用字義並不相近的偏旁爲義符。〔註6〕此類現象概指對字義解釋有不同的理解角度，故選擇不同的義符。

「義近替換」與「異義別構」兩種構形現象可表現古人於文字的創造、使用時的不同思維模式與習慣，應加以區別。然而，此兩種構形現象雖然定義清楚，但筆者對傳抄古文中的義符替換字例進行分類時，發現兩者難以截

論文，2012年6月），頁281～283。

〔註4〕何琳儀：《戰國文字通論（訂補）》（南京：江蘇教育出版社，2003年1月），頁229。

〔註5〕林師清源：《楚國文字構形演變研究》（臺中：東海大學中國文學系博士論文，1997年12月），頁121。

〔註6〕林師清源：《楚國文字構形演變研究》，頁131。

然劃分。參考其他學者之區別方式，如王丹針對《四聲韻》中義符替換現象之分類說明時，指出「義近形旁的通用」與「相關形旁的代換」之區別在於「字形結構是否可由同樣的角度做出合理解釋」〔註7〕。而王平針對《說文》重文形聲字之義符替換的分類說明時，分爲「意義相近表義字素」、「意義相關表義字素」，其區別在於是否「反映該字意義的不同側重點」。〔註8〕上引二說主要表明，區別這兩種義符替換現象之主要關鍵在於其義符的取義角度是否相同。例如，古文字中表示與說話意義相關的諸多文字，常見「言」、「口」兩義符互作之情形，學者多認定爲「義近替換」。「言」、「口」二字固然有明顯的內在意義聯繫，然「言」字表示說話義，「口」字則取義於其爲說話之器官，二者是否是從同一角度取義，這當中似乎難有客觀的標準。「異義別構」雖然採用字義並不相近的偏旁爲義符，但其義符字義皆與該字之本義相關，只是反映該字意義的不同角度，仍符合「不改變造字本義」之前提，故筆者亦將之論列於本節，不與「義近替換」強加區別，僅於所論字例下略作說明。

此外，傳抄古文中有些文字義符替換現象尙存疑義，或可由不同構形角度理解，難以論定爲義近偏旁替換者，筆者將之另立於「存在疑義之義符替換」一類。

（一）艸－屮

《說文》以「屮」字象艸木枝葉初生之形，「艸」字則从二「屮」以會百艸之意。〔註9〕然古文字中相同構件數目不等之例常見，如「春」或作（乙5319＝《合》2358正）、或作（粹1151＝《合》29715），「莫」或作（粹695＝《合》29807）、或作（粹264＝《合》27275）等，「屮」、「艸」形義關係皆相當密切，構件數目之差別對文字之構意應無影響。《說文》「屮」字下已明言「古文或以爲艸字」，可見此種偏旁互作之例在古文字中已深具傳

〔註7〕王丹：〈《古文四聲韻》重文間的關係試析〉，中國文字學會、河北大學漢字研究中心編：《漢字研究（第一輯）》（北京：學苑出版社，2005年6月），頁239。

〔註8〕王平：《說文重文研究》（上海：華東師範大學出版社，2008年12月），頁75。

〔註9〕〔漢〕許愼撰，〔宋〕徐鉉等校定：《說文解字》十五卷（民國十八年上海商務印書館四部叢刊影印北宋本），第1篇下，頁1。

統。〔註 10〕戰國文字中如楚系「英」字或作 （天・卜）、或作 （天・卜），「葉」字或作 （包山 258）、或作 （郭店・尊 39），秦系「芮」字或作 （珍秦 97）、或作 （集粹）等，皆可見「屮」、「艸」二旁之互作。古文字中「屮」、「艸」互作之例，或可視爲同一構件數量的繁簡變化，然考量到「屮」、「艸」在《說文》中已是獨立的兩個部首，歷代字書亦皆將之視爲兩個不同的偏旁，故筆者以之爲偏旁的義近替換。

傳抄古文中「屮」、「艸」替換之例多見，石經「蒼」字古文作 （56.7.1），此字形體殘損，《韻海》所錄 （56.8.1）之形體相近，可互參。張富海指出此形从「屮」、从《說文》奇字「倉」（ ），《陶彙》3.865-870 有單字作 ，左旁同此石經古文。〔註 11〕《汗簡》引林罕《集字》作 （56.7.2），則从「艸」、从《說文》奇字「倉」。《韻海》錄「菽」字古文作 （50.3.2），「葺」字古文作 （60.8.2），亦皆以「屮」旁替換「艸」旁。

（二）艸（屮）－木

「艸」與「木」皆爲植物，性質近似，屬同一詞義類聚，古文字偏旁中經常可見替換之例。如甲骨文「莫」字作 （前 4.9.2＝《合》10729）、 （粹 682＝《合》29788），「春」字作 （粹 1151＝《合》29715）、 （鐵 227.3＝《合》11533）；戰國「蒂」字作 （璽彙 2707）、 （璽彙 3118）； （璽彙 4097）字何琳儀釋爲「堇」，字从「林」作，亦爲「艸」、「木」替換之例。〔註 12〕

傳抄古文中「艸」與「木」亦見替換之例，然其比例不若出土文字普遍。如《說文》「蔦」字篆文作「 」，从艸、鳥聲，或體从「木」。〔註 13〕《韻海》錄「蔦」字古文作 （47.4.1），應是採錄《說文》或體。

〔註 10〕〔漢〕許慎撰，〔宋〕徐鉉等校定：《說文解字》十五卷，第 1 篇下，頁 1。
〔註 11〕張富海：《漢人所謂古文之研究》（北京：線裝書局，2007 年 5 月），頁 32。
〔註 12〕何琳儀：《戰國文字通論（訂補）》，頁 232。
〔註 13〕〔漢〕許慎撰，〔宋〕徐鉉等校定：《說文解字》十五卷，第 1 篇下，頁 4。

（三）日－月

「日」、「月」二字同屬天體，且皆與時間之概念有關，古文字中兩者替換之情況相當普遍，如金文「春」字作（蔡侯申鐘《集成》00223）、亦作（欒書缶《集成》10008）。

春秋金文「期」字从日、其聲作（夆叔匜《集成》10282）、（褱鼎《集成》02551）等形，或从「月」作（吳王光鑑《集成》10298）。戰國文字从日、丌聲作（郭店・老甲 30）、（璽彙 0250），或从月、丌聲作（璽彙 2766）。《說文》「期」字古文作（662.8.1），《汗簡》引《古尚書》字作（663.1.1），與《說文》古文形同。〔註 14〕《汗簡》另引《古尚書》字作（662.8.3），義符替換為「月」。、二形皆見出土文字，來源有據。〔註 15〕

（四）革－韋

「革」字金文作（康鼎《集成》02786），戰國楚系作（鄂君啓車節《集成》12110）、晉系作（璽彙 3103）、秦系作（龍岡 165）。季師旭昇認為以古文字而言，「口」形象獸頭，中豎為獸皮，兩手剝開，會製革之意。〔註 16〕「韋」字商代金文作（子圍爵《集成》08090），从四止圍口，口亦聲，後四止形省作兩個，為後世所本。「韋」字本義為包圍，假借為皮韋。〔註 17〕林師清源指出偏旁「義近替代」現象，所謂「義近」既可指稱引申義相近，也可指稱假借義相近。由於「韋」字假借義與「革」字之義近似，故二者在偏旁中往往互通無別。〔註 18〕

〔註 14〕傳抄古文中此形收錄多體，《四聲韻》引古《尚書》（663.3.1）與《說文》、《汗簡》形同。《韻海》錄（663.3.4）、（663.4.1），「丌」旁筆畫斷裂，稍有訛誤；《四聲韻》引王存乂《切韻》（663.2.3），「日」旁訛如「甘」旁。

〔註 15〕「期」字之例，李綉玲、李春桃已見論述。李綉玲：《古文四聲韻古文探賾》（嘉義：國立中正大學中國文學研究所博士論文，2009 年 7 月），頁 54、55；李春桃：《傳抄古文綜合研究》，頁 129。

〔註 16〕季師旭昇：《說文新證》上冊（臺北：藝文印書館，2002 年 10 月），頁 174。

〔註 17〕季師旭昇：《說文新證》上冊，頁 475。

〔註 18〕林師清源：《楚國文字構形演變研究》，頁 121、122。

《四聲韻》引《義雲章》「鞘」字古文作（273.4.1）、（273.4.2）。即「鞘」字，《說文》:「鞘，刀室也。从革、肖聲」。〔註19〕「韒」字《說文》未見，《集韻》錄為「鞘」字異體。〔註20〕此二字聲符相同，義符一从「革」、一从「韋」。林師清源舉出楚簡「鞁」字或作（望 M2.23），又作（包山 259），已見「革」、「韋」通用之例，曾侯乙墓中亦有多組相關例證。〔註21〕

（五）米－食

「粒」字小篆作「」，《說文》:「糂也。从米、立聲。古文粒」〔註22〕。《說文》釋「米」字為「粟實也」，釋「食」字為「一米也」。〔註23〕二字皆與米穀之義有關，作為義符其表義功能相近，「粒」、「」二形屬替換義符之異體（參下編 058）。《汗簡》引《古尚書》字作（696.6.2）、《韻海》錄作（696.7.4），形體皆同《說文》古文。出土文字中似未見「米」、「食」義符替換之例，然《說文》「饎」字正篆从「食」、或體从「米」，已有類似例證。〔註24〕

（六）口－舌

《韻海》錄「吮」字古文作（105.2.1），字从「舌」、「允」聲，可隸定為「㖸」。此字出土文字及《說文》、《玉篇》等字書皆未見，《集韻》錄「㖸」為「吮」字異體，《韻海》當據之改隸作古。〔註25〕「口」、「舌」之替換古文字未見，表吸吮動作之「吮」字以「口」、「舌」為義符，當取其為吸吮器官之意。

〔註19〕〔漢〕許慎撰，〔宋〕徐鉉等校定：《說文解字》十五卷，第3篇下，頁2。

〔註20〕〔宋〕丁度等編：《集韻》（北京：中華書局，1989年5月），頁55。

〔註21〕林師清源：《楚國文字構形演變研究》，頁122。

〔註22〕〔漢〕許慎撰，〔宋〕徐鉉等校定：《說文解字》十五卷，第7篇上，頁10。

〔註23〕〔漢〕許慎撰，〔宋〕徐鉉等校定：《說文解字》十五卷，第7篇上，頁9；第5篇下，頁2。

〔註24〕〔漢〕許慎撰，〔宋〕徐鉉等校定：《說文解字》十五卷，第5篇下，頁2。

〔註25〕〔宋〕丁度等編：《集韻》，頁110。

（七）口－言

古文字偏旁中「言」、「口」是常見替換之義符，如戰國晉系「信」字作（璽彙 3129）、（璽彙 3345），齊系作（璽彙 0650）、（璽彙 1562）；楚系「詩」字作（上一・緇 1）、（上一・孔 16），「譽」字作（郭店・窮 14）、（郭店・老丙 1）等。「言」、「口」替換之情形，學者多以之爲義近通用，然「口」表示說話之器官，「言」指說話之行爲，二者字義及詞性皆有別，應是由不同角度反映「說話」之意。

傳抄古文中「言」、「口」之替換相當普遍，王丹已舉出《四聲韻》中如「謨」、「謠」、「謙」、「詬」、「叫」等諸多例證。〔註 26〕今略補充數例，如《韻海》「唶」字古文作（128.6.1）、（128.6.3）；《四聲韻》引裴光遠《集綴》「讀」字古文作（220.7.1），《韻海》作（220.7.2）；碧落碑「誨」字古文作（221.4.1），《汗簡》引《古尚書》作（221.4.2）等。

（八）糸－束

「束」字甲骨文作（甲 2289＝《合》22344）、金文作（琱生簋《集成》04292），季師旭昇引劉心源、高鴻縉、張日昇之說，肯定此字象交縛橐形，爲束縛之意。〔註 27〕「糸」字甲骨文作（乙 2124＝《合》21306）、（粹 816＝《合》20948）等形，象束絲之形。「束」字爲束縛之意，「糸」字爲絲線，二者訓義有別，但其無疑具內在的意義關聯，故於偏旁中可替換。

《韻海》錄「約」字古文（1299.1.2）、（1299.1.3）二形，可見「糸」、「束」兩偏旁之替換，戰國秦系「約」字作（睡・答問 139）、（詛楚文），已見此種替換之例，「㪧」字《集韻》錄爲「約」字異體。〔註 28〕

（九）糸－巾

〔註 26〕王丹：〈《古文四聲韻》重文間的關係試析〉，中國文字學會、河北大學漢字研究中心編：《漢字研究（第一輯）》，頁 239。

〔註 27〕季師旭昇：《說文新證》上冊，頁 512。

〔註 28〕〔宋〕丁度等編：《集韻》，頁 188。

古文字中「糸」、「巾」替換之例較爲罕見，「綌」字《說文》謂：「綌，粗葛也。从糸、谷聲。，綌或从巾」，已可見此二偏旁之替換。〔註29〕「糸」、「巾」二字之義皆與紡織有關，具有一定程度的字義聯繫。傳抄古文中亦見「糸」、「巾」替換之例，如《韻海》「紙」字一作（1293.7.1），一作（1293.7.2）。字出土文未見，《玉篇》以爲「紙」字或體。〔註30〕《干祿字書》、《廣韻》、《集韻》等書亦見引錄，《韻海》字可能據後世字書改隸作「古」。

（十）瓦－皿

《韻海》錄「盌」字古文（494.7.3）、（494.7.4）。即「盌」字，爲「瓮」字，二字聲符相同，義符一从「瓦」、一从「皿」。檢「盌」、「瓮」二字於《說文》中雖分爲二字，然皆釋爲「小盂也」，音義全同，當係一字之異體。〔註31〕「瓦」表其材質，「皿」則示其器用，義符取向略有區別。

（十一）彳－辵－行

「行」字甲骨文作（後下 2.12＝《合》4903 正），象四達道，爲行道之意。「彳」古文字僅見於偏旁，未單獨成字，季師旭昇指出其事實上是「行」省，所表示之義與「行」完全相同。〔註32〕「辵」亦未單獨成字，應是从彳、从止，會行於道路之意。〔註33〕古文字中「彳」、「辵」用於偏旁時常見替換，如金文「歸」字作（𦱿簋《集成》04195）、（不其簋《集成》04328），侯馬盟書「復」字或作（侯馬）、或作（侯馬），「往」字楚簡或作（郭店・老丙 4），或作（郭店・尊 31）等。「辵」示行動義，爲動詞；「彳」象行道之形，其由不同面向反映與「行走」相關之意義。

傳抄古文中「彳」、「辵」替換之例，如《四聲韻》引王存乂《切韻》「適」

〔註29〕〔漢〕許慎撰，〔宋〕徐鉉等校定：《說文解字》十五卷，第 13 篇上，頁 4。

〔註30〕〔梁〕顧野王：《大廣益會玉篇》（北京：中華書局，2004 年 1 月），頁 127。

〔註31〕〔漢〕許慎撰，〔宋〕徐鉉等校定：《說文解字》十五卷，第 5 篇上，頁 9；第 12 篇下，頁 8。

〔註32〕季師旭昇：《說文新證》上冊，頁 115。

〔註33〕季師旭昇：《說文新證》上冊，頁 111。

字作（155.4.1），《韻海》作（155.4.2）；石經古文「迪」字作（157.6.1）、《汗簡》作（157.6.4）；《四聲韻》引《古老子》「返」字作（160.1.1）、（160.1.2）。其中，「返」字戰國文字或作（鄂君啓車節《集成》12110）、或作（中山王礜壺《集成》09735），可與傳抄古文完全對應，而「適」字戰國文字或作（郭店・老甲 19）、或从「止」作（包山 224），尚未見从「彳」者；「迪」字楚簡作（郭店・緇 19）、（郭店・尊 20），同石經古文，亦未見从「彳」者。然「彳」、「辵」互作之例於古文字中相當顯著，這些傳抄字形應該還是可信的。

《韻海》「衜」字作（185.1.3）、（185.1.4），義符「行」、「辵」互作，應與「彳」、「辵」之替換同意。相同情形尚見「道」字，《四聲韻》引雲臺碑字作（169.6.2），引《古尚書》作（169.7.2），金文或作（貉子卣《集成》05409）、或作（中山王礜鼎《集成》02840）已可見之。

（十二）辵－走－足

甲骨文（甲 2810＝《合》27939）字，象人揮動兩手跑步之形，龍宇純以爲就是「走」字。金文或加義符「止」作（盂鼎《集成》02837）、加「辵」作（召器《集成》10360）、加「彳」作（大鼎《集成》02807），或重「夭」形作（伯中父簋《集成》04023）。戰國以後漸漸定型爲从「止」。〔註 34〕「走」字本義爲「跑」，與表行於道路之「辵」字皆與足部行動之意有關，故於偏旁中可替換。古文字中如「遣」字或作（小臣謎簋《集成》04238）、或作（永盂《集成》10322），「各」字或作（庚贏卣《集成》05426）、或作（儹匜《集成》10285），皆爲顯例。

傳抄古文亦見兩義符替換之例，如《說文》古文「起」字作（140.4.1），《四聲韻》引《古老子》作（140.4.3），字即从「辵」。出土所見「起」字多从「走」作，如戰國秦系文字作（秦印）、燕系作（璽彙 3320）、（璽彙 3952）；亦有从「辵」者，如（郭店・老甲 31）、（上二・容 52），

〔註 34〕季師旭昇：《說文新證》上冊，頁 95、96。

傳抄古文來源有據。

此外，如「走」字與象人腳之形的「足」字，其義皆與腳部有關，偏旁中亦見替換，如《韻海》「趮」字古文作（141.2.1）、（141.4.2），《四聲韻》引《籀韻》「躁」字作（200.3.1），《韻海》作（200.3.2）等。

王丹舉出《四聲韻》中有「彳」與「足」替換者，如「路」、「踐」等字，李綉玲指出《四聲韻》有「止」、「足」替換者如「企」字。〔註35〕綜上，「彳」、「辵」、「走」、「足」、「止」等字皆與足部行動之意有關，其於偏旁中之替換情形應屬同一詞義類聚範疇。

（十三）目－見

「視」字《說文》:「瞻也。从見示」，小徐本、段注改爲:「从見、示聲」。〔註36〕从見示會意不明，改釋爲形聲可從。「視」字《說文》小篆作「」，碧落碑作（858.8.1）同於篆文，戰國秦文字作（故宮 426），此類形體應源自秦系文字。《說文》古文作（858.7.1），《汗簡》、《四聲韻》、《韻海》等皆錄相關形體。應析爲从目、示聲，黃錫全指出甲骨文「視」作（前 2.7.2＝《合》36932），與此古文同構。〔註37〕然此字於卜辭中之文例爲「……在𦣻……王正……」，疑用爲地名，難以論斷其與訓爲「瞻也」的「視」字之關係。〔註38〕戰國璽印有（璽彙 2252）字，用爲私名，其形亦與甲骨文、《說文》古文同構。从目、示聲這種寫法在周秦間似乎較少流傳，目前僅見上揭璽印一例，漢印中復見此類形體作。

「見」、「目」皆與人眼觀看之義有關，故可替換，出土文字中亦見相關例證，如楚簡文字「親」字或作（包山 51）、或作（郭店・唐 9）。

〔註35〕王丹:〈《古文四聲韻》重文間的關係試析〉，中國文字學會、河北大學漢字研究中心編:《漢字研究（第一輯）》，頁 239；李綉玲:《古文四聲韻古文探賾》，頁 272、273。

〔註36〕〔漢〕許慎撰，〔宋〕徐鉉等校定:《說文解字》十五卷，第 8 篇下，頁 3；〔南唐〕徐鍇:《說文解字繫傳》（北京：中華書局，1998 年 12 月），頁 175；〔清〕段玉裁:《說文解字注》（臺北：洪葉文化事業有限公司，1999 年 11 月），頁 412。

〔註37〕黃錫全:《汗簡注釋》（武漢：武漢大學出版社，1990 年 8 月），頁 67。

〔註38〕胡厚宣主編:《甲骨文合集釋文》（北京：中國社會科學出版社，1999 年 8 月），頁 1831。

二、存在疑義之義符替換現象釋例

（一）義符替換與通假字、近義字之混淆現象

聲符相同而義符不同之形聲字，若其義符之屬性相近，或可由不同取義角度表現文字之本義，其於文字結構上即可能屬於義符的「義近替換」或「異義別構」。然而傳抄古文中的此類字例有時尚須仔細斟酌兩字之記詞功能是否相同，方可判定其是否爲一字之異體，若其記詞功能並不完全相同，則它們很有可能只是聲近的通假字；傳抄古文中有時亦混入部分近義字，如「芬」與「芳」、「怠」與「慢」、「禍」與「殃」等，若干字例亦可能與義符替換之異構字產生混淆難辨之情況。

1. 米－麥

《韻海》錄「䵃」字古文（541.6.1）、（541.6.2）二形，（541.6.1）依形隸定爲「𥻸」。「䵃」、「𥻸」二字皆未見於《說文》，《集韻》以此二字爲異體：「䵃塵，或从米」。〔註 39〕就構形而言，米、麥皆屬穀物，或可視爲義近偏旁之替換。檢「䵃」字首見於《玉篇》，爲「䵄」字異體，釋爲「大麥」，《集韻》中亦有與《玉篇》相同的記載；然《集韻》另將「䵃」字訓爲「䵃塵」，並錄其異體「𥻸」字。〔註 40〕比對字書之記載，「𥻸」字較爲晚出，其於《集韻》中始見錄作「䵃」字異體，《韻海》作者應是依《集韻》所載將「𥻸」字改隸作古，錄於「䵃」字下，其意顯然是將「䵃」、「𥻸」二字視爲替換義符之異體。然由於《集韻》中「䵃」字有「䵃塵」、「大麥」兩種不同的訓義，且分別與「䵄」字、「𥻸」字互爲異體，使得「䵃」、「𥻸」二字之關係難以驟然論斷。就時代先後考量，作爲「䵄」字異體、釋爲「大麥」之用法已見《玉篇》，釋爲「䵃塵」之說法則見於較晚出的《集韻》，或許是後世詞義演變的結果。就字書之收錄情形而言，訓爲「大麥」的「䵃」字，與訓爲「䵃塵」的「𥻸」字，由於記詞功能不同，二字之間亦可能爲通假關係，故筆者將之列爲存疑之例。

2. 豸－鼠

《說文》：「豹，似虎，圜文。从豸、勺聲」。〔註 41〕《四聲韻》錄《籀韻》

〔註 39〕〔宋〕丁度等編：《集韻》，頁 66。

〔註 40〕〔梁〕顧野王：《大廣益會玉篇》，頁 73；〔宋〕丁度等編：《集韻》，頁 121。

〔註 41〕〔漢〕許慎撰，〔宋〕徐鉉等校定：《說文解字》十五卷，第 9 篇下，頁 7。

「豹」字作（956.3.1），與《說文》小篆「」形近。《隸續》錄「豹」字石經古文作（956.2.1），《汗簡》引《義雲章》有（956.2.2），此二形爲「鼩」字。「豹」、「鼩」二字聲符相同而義符皆爲動物，林師清源及許師學仁皆指出楚簡「豸」部諸字多有改从「鼠」旁者，「豹」字於包山簡中作（包山 277），即从「鼠」旁。〔註 42〕「鼠」、「豸」之替換有出土文字爲證，傳抄古文所錄應有所據。然古代各類字書對文字形義之認識，皆受《說文》影響，傳抄古文字書亦不例外。「鼩」字已見《說文》，訓爲「胡地風鼠」，與「豹」字異訓。〔註 43〕《隸續》、《汗簡》皆晚於《說文》，其錄「鼩」爲「豹」似亦無法排除聲近通假之可能，故筆者將之列爲存疑之例，並存兩種可能。

3. 革－韋

《韻海》錄「轉」字古文（549.1.1）、（549.1.2）二形，即「鞲」字，爲「韝」字，二字聲符相同，義符「革」、「韋」互作，前文已論證過「革」、「韋」二者屬可互替的義近義符。然就此例而言，「轉」字《說文》釋爲「車下索也」，「韝」字訓爲「軶裹也」，兩者訓義有別，亦不能排除是通假關係。〔註 44〕

4. 示－歺

《四聲韻》引《古老子》「禮」字作（7.7.2），形體左半从「歺」，依形可隸定作「殕」，「殕」字於出土文字與歷代字書中皆未見。「歺」旁與「示」旁形體差別甚大，沒有互訛之可能，而對「歺」旁字義之認定，則影響對此字義符替換之理解。

甲骨文「死」字作（甲 1165＝《合》17057），从「歺」、从「人」，學者多從羅振玉「象生人拜於朽骨之旁」之說，季師旭昇以爲不確，「歺」應象木杙殘裂之形，引申爲一切殘裂。「死」字會人生命結束，身體如木杙漸漸殘裂澌

〔註 42〕林師清源：《楚國文字構形演變研究》，頁 122；許師學仁：《古文四聲韻古文研究（古文合證篇）》（待刊），頁 142、143。

〔註 43〕〔漢〕許慎撰，〔宋〕徐鉉等校定：《說文解字》十五卷，第 10 篇上，頁 7。

〔註 44〕〔漢〕許慎撰，〔宋〕徐鉉等校定：《說文解字》十五卷，第 3 篇下，頁 1；第 5 篇下，頁 8。

滅之義。〔註45〕

若採羅振玉之說，「歺」象殘骨形，則「示」、「歺」均可指示「祭祀對象」，或可視之爲義近替換。然《說文》「示」字訓爲「天垂象見吉凶，所以示人也」，與「歺」字訓爲「列骨之殘也」字義差別較大。〔註46〕古人是否將「示」、「歺」視爲義符替換便須稍作保留。若採季師旭昇之說，則「示」、「歺」形、音、義均無涉，其替換應考慮其他可能性。筆者認爲可能是受「禍」字構形影響而產生的一種異體。「禍」字《說文》小篆作「」，从示、咼聲，傳抄古文字有改从「歺」旁者，如（17.3.1）、（17.5.2）等形。「禍」字从「示」當取神靈可降災禍於人之意，从「歺」則取其「壞」、「惡」之意，與災禍涵義相近。然「歺」、「示」兩義符之替換情形若置於「禮」字中較無理可說，可能是後世傳抄者因「禍」字構形中有此替換之例，乃仿照其法而造字。

高佑仁認爲「禮」有吉禮、有凶禮，从「歺」應與凶禮有關，可能是短暫出現在某個時期的特殊寫法，故後世無徵。〔註 47〕若其爲「凶禮」之專字則其記詞功能與「禮」字不完全相同，《四聲韻》以「殰」爲「禮」可能是採錄近義字。本條筆者並存上述幾種可能性，以俟後考。（參下編 002）

5. 牛－馬

石經「牡」字古文作（96.2.1），依形可析爲从「牛」、从「土」。季師旭昇指出甲骨文有「豭」字作（乙 1764＝《合》22055）、（花 H3：47＋984）、（花 H3：877）等形，字从「豕」，旁著牡器之形，而牡器之形與「士」形頗爲接近，牡器後寫成「土」形，古文字又與「土」字接近，《說文》遂以爲从「土」聲。以豕比牛，「牡」字旁所从的「土」形，應亦爲牡器的象形。〔註48〕

〔註45〕季師旭昇：《說文新證》上冊，頁 327。

〔註46〕〔漢〕許愼撰，〔宋〕徐鉉等校定：《說文解字》十五卷，第 1 篇上，頁 1；第 4 篇下，頁 2。

〔註47〕此爲高佑仁與筆者私下討論之意見。

〔註48〕季師旭昇：《說文新證》上冊，頁 78、79。

（96.2.2）見《四聲韻》所引《古老子》，依形可析爲从「馬」、从「土」，隸定爲「駐」，从「土」亦理解爲牡器之形，許師學仁以「駐」爲「牡」字異體，李春桃亦認爲「牡」字从「馬」屬於義符替換。〔註 49〕與戰國楚系文字作（曾 197），晉系文字作（𡚱蚉壺《集成》09734）結構相同。純依形體結構觀察，「牛」、「馬」皆爲動物，屬同一詞義類聚，應具義符替換之可能。然卜辭中以動物旁著牡器示雄性動物者，有「牡」、「羊土」、「豕土」、「鹿土」諸字，這些字在卜辭中所指涉之動物本不相同，晉系文字於辭例中亦指公馬，故「駐」、「牡」二字於古文字中可能並非一字之異體，視爲近義字或較恰當。傳抄古文以「駐」爲「牡」，可能導因於後世文字省併，雄性動物一律以「牡」字概括之，其餘諸字見廢，因此「羊土」、「豕土」、「鹿土」等字應會被後人認爲是「牡」字替換不同動物偏旁所構成的異體，均同指雄性動物；亦可能受《說文》釋形影響，以爲「駐」、「牡」均由「土」得聲，故可通假。由於「駐」、「牡」二字之關係具有異體、義近、通假等可能性，難以遽論，故並存諸說以待後考。（參下編 011）

（二）形義俱近之義符互作現象

若干義符之間除了表義功能相近之外，有時形體亦頗相似，存在形體混同之可能性，這類義符若出現互作之現象，便難以判別究屬「義近替換」或「形近訛混」；或義符形體彼此僅有細微差別，各本字書傳錄相同字形時可能因摹錄寫誤以致訛成另一義符，若此義符又具通用之條件，此時究屬義符替換或人爲疏謬亦較難論定。針對此類字例筆者較持保留態度，並存幾種可能性。茲舉數例，論之於後：

1. 日－月

一般情況下作爲義符的「日」旁與「月」旁，形體明顯有別，然傳抄古文形體訛變較爲劇烈，有時即會出現難以確論之情形。《韻海》錄有「朗」字古文

〔註 49〕許師學仁：《古文四聲韻古文研究（古文合證篇）》，頁 114；李春桃：《傳抄古文綜合研究》，頁 476。

作（662.6.1），其字从日、良聲，又作（662.6.2）。透過形體比對，左半之形可能爲「日」旁之訛形。《韻海》獨體「日」字有作（640.1.1）者，與「月」字近似，可能先由訛寫爲，再訛作。「朗」字《說文》釋爲「明也。从月、良聲」。〔註 50〕「眼」見《玉篇》、《集韻》，亦訓作「明也」，《集韻》以之爲「朗」字或體。〔註 51〕「眼」、「朗」二字同義，應可視爲一字之異體，如此則、二字當屬替換義符之異構關係。〔註 52〕但字所从之旁亦可能是「月」之訛形，即从月、良聲之「朗」字，如此，則此字亦可能僅是形體訛變，並非替換義符。

「夜」字《說文》:「夜，舍也，天下休舍也。从夕、亦省聲」。〔註 53〕金文或从「月」作（師酉簋《集成》04288）、（伯康簋《集成》04160），或从「夕」作（史牆盤《集成》10175）、（師虎簋《集成》04316）。《汗簡》引《義雲章》「夜」字古文作（667.3.1），《韻海》錄（667.4.3），其形與戰國文字作（睡・爲吏 33）、（包山 200）、（七年宅陽令矛《集成》11546）、《說文》小篆作「」等形近同。傳抄古文「夜」字多从「夕」，僅《韻海》所錄（667.4.4）从「日」。

「日」、「夕」兩義符替換之例於出土文字無徵，而由上揭金文「夜」字諸例可見，古文字中「月」、「夕」於偏旁中往往互作無別，《韻海》字之構形或可視爲「日」、「月」義符替換之例。值得注意的是，「夜」字古皆从「月」或「夕」，義近偏旁之替換有時亦有其限制，未可一概而論。「夜」字从「月」或「夕」，於形義頗切，若从「日」則未免有違其「夜晚」之意涵，故於此例中，「日」、「月」可否視爲義近偏旁之替換便值得商榷。由於出土文字中未見

〔註 50〕〔漢〕許愼撰，〔宋〕徐鉉等校定：《說文解字》十五卷，第 7 篇上，頁 4。

〔註 51〕〔梁〕顧野王：《大廣益會玉篇》，頁 96；〔宋〕丁度等編：《集韻》，頁 120。

〔註 52〕李春桃即以此例爲「日」、「月」之義符替換。李春桃：《傳抄古文綜合研究》，頁 129。

〔註 53〕〔漢〕許愼撰，〔宋〕徐鉉等校定：《說文解字》十五卷（民國十八年上海商務印書館四部叢刊影印北宋本），第 7 篇上，頁 5。

从「日」之「夜」字，《韻海》 此形來源不明，疑因傳抄古文形體屢經轉寫而致訛。

2. 糸－幺

「糸」字甲骨文作 （乙 2124＝《合》21306）、 （粹 816＝《合》20948）等形，象束絲之形。季師旭昇指出「糸」、「幺」常互用無別。〔註 54〕如「絲」字金文作 （乃子克鼎《集成》02712）、或作 （庚姬尊《集成》05997），戰國文字如楚系「綎」字作 （包山 169）、 （璽彙 5485），「纓」字作 （璽彙 1573）、 （璽彙 5623），晉系「縈」字作 （璽彙 0927）、 （璽彙 4046）等。「糸」、「幺」皆取象於束絲之形，僅束絲之首尾兩端有無束結的絲穗之形的區別，《說文》「糸」字篆文作「 」，古文作「 」，省略下部絲穗之形，與「幺」字更易混淆。「糸」、「幺」就其初形本義與古文字中使用之情況，當可視爲一字，古文字偏旁中「糸」、「幺」之互作，應屬同一偏旁的異寫。然傳抄古文的年代較晚，自《說文》後，「糸」、「幺」已分立爲兩獨立部首，後世字書對此二偏旁之認定，應已受《說文》之影響（如《汗簡》亦依《說文》將「糸」、「幺」分立二部），故筆者仍將之視爲兩個不同的義符討論。

《汗簡》引華岳碑「羅」字古文作 （751.3.4）、 （751.3.2），另錄碧落碑 （751.3.3）形。黃錫全已指出其字形省變序列爲 － － 。〔註 55〕「羅」字甲骨文作 （乙 4502＝《合》6016 正），孫海波認爲象网中有隹，「羅」之初文。戰國「羅」字加「糸」旁，如秦系作 （睡・日乙 223）、楚系作 （包山 24）等。《說文》篆文作「 」，析其構形爲「从鳥、从維」。〔註 56〕施謝捷指出淄博市淄川區出土之銅戈，戈銘 ，可析爲从「网」、从「糸」，並引本條所論傳抄古文「羅」字 （751.3.4）爲證，將之釋爲「羅」

〔註 54〕季師旭昇：《說文新證》下冊（臺北：藝文印書館，2004 年 11 月），頁 217。

〔註 55〕黃錫全：《汗簡注釋》，276。

〔註 56〕〔漢〕許慎撰，〔宋〕徐鉉等校定：《說文解字》十五卷，第 7 篇下，頁 8。

字。〔註57〕李春桃從其說，並肯定此古文與戰國文字相合。〔註58〕

上揭　、　二形之對比，正可體現「糸」、「幺」兩義符互作之情況，然如上揭出土文字諸形所見，「糸」、「幺」互作者相當普遍，故相關形體究屬忠實摹錄原見形體，或出自轉寫過程中的訛省，便難以判定；且「糸」、「幺」形義關係俱近，其互用情況，究竟出自形近訛混或義近替換亦皆合理，故暫並存之。

3. 夕－月

甲骨文　（甲225＝《合》19785）、　（甲3914＝《合》27146）象月亮之形，中間有點無點並無不同，蓋二字實由同一形義產生，而讀音不同。後世以有點者爲「月」，無點者爲「夕」，二字遂逐漸分化。〔註59〕由於《說文》已將「月」、「夕」二字分別立部，故筆者將之視爲兩個不同的義符。

「月」、「夕」二字形、義關係密切，於古文字偏旁中往往混用無別。如甲骨文「明」字或作　（前4.10.4＝《合》11708正）、或作　（乙64＝《合》21037），金文「外」字或作　（靜簋《集成》04273）、或作　（子禾子釜《集成》10374），戰國楚系「盟」字或作　（包山23）、或作　（包山211）等。

傳抄古文中「月」、「夕」二旁亦見替換之例，如「外」字，《說文》釋爲：「遠也。卜尚平旦，今夕卜，於事外矣」。〔註60〕小篆作「　」，《說文》古文作　（668.2.1）、《四聲韻》所引崔希裕《纂古》作　（668.3.1），字皆从「夕」，與《說文》篆文及釋形相符；而《四聲韻》引《古老子》「外」字作　（668.2.3），《韻海》錄作　（668.3.4），則从「月」作。古文字所見「外」字从「月」、「夕」者皆有，傳抄古文中兩義符互作之情況可能各有所本，「月」、「夕」僅一筆之別，兼且字義關係密切，較難明確判斷出於形近訛

〔註57〕施謝捷：〈古文字零釋四則〉，安徽大學古文字研究室編：《古文字研究》第22輯（北京：中華書局，2000年7月），頁158。

〔註58〕李春桃：《傳抄古文綜合研究》，頁535。

〔註59〕季師旭昇：《說文新證》上冊，頁594。

〔註60〕〔漢〕許慎撰，〔宋〕徐鉉等校定：《說文解字》十五卷，第7篇上，頁5。

混或義近替換，故列爲存疑之例。

4. 刀－刃

古文字中「刀」、「刃」兩字作於偏旁時常見替換，如戰國晉系「則」字或作（中山王嚳壺《集成》09735）、或作（中山王嚳壺《集成》09735），楚簡「罰」字或作（郭店・成 38）、或作（郭店・緇 29）。「刀」、「刃」字義關係密切自無可疑，其字形亦僅一筆之別。傳抄古文亦見「刀」、「刃」互作之例，《汗簡》引孫強《集字》「創」字作（434.8.2），同一形體《四聲韻》錄作（434.8.3），《汗簡》、《四聲韻》據同一形體抄錄，一从「刀」、一从「刃」，其究屬義符之替換，或《四聲韻》於轉錄形體時誤脫一筆，難以明確論斷。類似情況尚見「血」旁與「皿」旁，此二字於傳抄古文中混同難辨，《汗簡》「皿」字作（494.4.1），「血」字作（499.5.1），以字形中間有無圓點爲別。然《四聲韻》錄《汗簡》「皿」字作（494.4.2），卻與《汗簡》「血」字作無異。偏旁中亦見類似混同現象，《汗簡》引林罕《集字》「諡」字作（496.5.1），同一形體《四聲韻》錄作（496.6.4）。由於「血」、「皿」二字形義俱近，其於偏旁中互作，可能是出於義近替換，亦可能是書寫時因一筆之增減導致形體訛混，不易確論。

（三）偏旁互作情形兼具多種可能性

部份傳抄古文偏旁互作情形，存在包含形、音、義等多種可能的因素，難以確論者，試舉例說明如下：

1. 心－言

古文字中「心」與「言」用於偏旁時可見互作之情形，如侯馬盟書「愆」字作（侯馬）、（侯馬）。何琳儀、劉釗等皆徵引古文字之例，以「心」、「言」爲義近替換之義符。[註 61]

《汗簡》「謀」字作（222.3.3），《四聲韻》錄作（222.4.1），《韻海》錄作（222.4.4），三形俱从「心」、「某」聲，當隸定爲「㭋」，此形與戰國

[註 61] 何琳儀：《戰國文字通論（訂補）》，頁 231；劉釗：《古文字構形學》（福州：福建人民出版社，2006 年 1 月），頁 336。

楚簡作（上二・容37）形體相合。關於此字與字頭「謀」之關係，約有兩種說法：黃錫全指出古寫本《尚書》「謀」字多作「惎」，認爲此古文當是假「惎」爲「謀」。〔註62〕李綉玲以爲「惎」當是「謀」字異體、「心」、「言」屬義近替換。李春桃亦以二者爲異體關係，然對其偏旁替換情形較未詳述，二者皆引上博簡《容成氏》之形爲證。〔註63〕

按《說文》有「㖼」字，訓爲「㖼撫也」。〔註64〕與同構，僅偏旁相對位置不同，「㖼」、「謀」《說文》中分別二字，且訓義有別，以通假視之頗爲合理。張光裕亦指出「悔」與「誨」、「諄」與「惇」、「恂」與「詢」等例，在古書中之通用情況，純係通假關係，可爲此說旁證。〔註65〕而異體之說，有上博簡字形與之合證，兼有古文字中「心」、「言」兩旁替換之其他旁證，亦有相當的可信度，故筆者並存之。然就義符之替換關係而言，「心」與「言」在字義上判然有別，「謀」字若从「心」可能強調於內心運籌帷幄的思考、策劃之層面；若从「言」則可能是強調眾人共商對策，取「合謀」之意，其取義角度不同，「心」、「言」之間視爲「異義別構」或許更爲恰當。

此外，字之構形應有另一可能性，傳抄古文中「言」旁有一較爲特殊之寫法作（220.3.1「詩」字偏旁），主要見於《說文》从「言」諸字之古文偏旁，此形與「心」形極爲肖似，如《說文》「謀」字古文（222.3.2），段玉裁即已指出此體「上从母、下古文言」。〔註66〕張光裕亦已就《說文》古文中从形諸例，論證形純係「言」字訛變所致，與「心」構形無涉。〔註67〕綜上，傳抄古文中从「言」諸字若其與「心」旁出現替換之情形，亦不能不

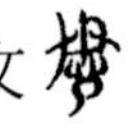

〔註62〕黃錫全：《汗簡注釋》，頁375。

〔註63〕李綉玲：《古文四聲韻古文探賾》，頁 271、272；李春桃：《傳抄古文綜合研究》，頁457。

〔註64〕〔漢〕許愼撰，〔宋〕徐鉉等校定：《說文解字》十五卷，第10篇下，頁6。

〔註65〕張光裕：〈說文古文中所見言字及從心從言偏旁互用例札迻〉，《雪齋學術論文集》（臺北：藝文印書館，1989年9月），頁261。

〔註66〕〔清〕段玉裁：《說文解字注》，頁92。

〔註67〕張光裕：〈說文古文中所見言字及從心從言偏旁互用例札迻〉，《雪齋學術論文集》，頁259。

考慮字形訛變之因素。「言」、「心」偏旁互作之例，在傳抄古文中情況不一，可能是義符的替換，可能是聲近的通假，亦可能僅是特殊的「言」旁訛變似「心」形，未可一概而論。

2. 艸－竹

石經古文「葬」字作（87.7.1）、（87.7.2）、（87.7.3）等形，《隸續》引錄作（87.7.4）、（87.8.1），第二形「爿」旁筆畫寫脫，《汗簡》石經古文作（87.8.2），除「爿」旁筆畫寫脫外，下部「艸」形上亦少一橫筆，〔註68〕（87.8.2）上部从「艸」作，與《石經》、《隸續》从「竹」者不同。《四聲韻》所錄（87.8.4）者與《汗簡》近似，未寫脫「艸」形上之橫筆。《汗簡》、《四聲韻》引錄王庶子碑「葬」字古文分別作（87.8.3）、（88.1.1），上皆从「艸」，然《汗簡》之形「爿」旁較爲完整。此類形體可依章太炎之說，析爲从古文「死」（）、从「茻」，「爿」聲。〔註69〕古文字中未見與此類古文同形者，較近似者爲秦漢文字作（睡・答問77）、（睡・日乙17）、（睡・日乙912）、（馬・縱橫39）等形，皆从死、从茻，然無聲符「爿」。若依此字構形分析，「葬」字上部當以作「艸」者爲是，然由上揭秦漢文字之形可見古「葬」字有从「艸」、从「竹」之別體，傳抄古文所錄未必無據。關於此字「艸」、「竹」二旁之互作，學者有不同看法，章太炎、王國維、孫海波、趙立偉等人討論「葬」字構形時，認爲其字上部之「竹」形乃「艸」訛誤，黃錫全則以爲或是所本材料不盡相同。〔註70〕

〔註68〕鄭珍於（87.8.2）下謂：「《隸續》二體皆誤上艸爲竹。又一脫爿旁，一少中橫。郭氏此體亦脫爿而少中一，竝由石本剝缺不明致然」。然比對相關字形，石經古文本即从竹，《隸續》之形亦見中橫，僅脫爿旁之誤，其對《汗簡》「脫爿而少中一」之敘述無誤。〔清〕鄭珍：《汗簡箋正》（北京：中華書局，2011年6月，清光緒十五年廣雅書局刻本），卷1，頁12。

〔註69〕章太炎：《新出三體石經考》，上海人民出版社編：《章太炎全集（七）》（上海：上海人民出版社，1999年5月），頁591、592。

〔註70〕黃錫全：《汗簡注釋》，頁84；王國維、章太炎之說轉引自張富海：《漢人所謂古文之研究》，頁33；孫海波：《魏三字石經集錄・古文》（臺北：藝文印書館，1975

其他相關例證如《說文》「薇」字籀文作[古文字形]（40.7.1），从「艸」、从「[古文字形]」，《汗簡》引《演說文》「薇」字[古文字形]（40.7.2）上从「竹」作。《四聲韻》引《古老子》「芹」字作[古文字形]（47.3.1），《韻海》錄作[古文字形]（47.3.2）此形應析爲从竹、斤聲。「斤」旁因形體訛變作如「乃」形，上部以「竹」替「艸」。

傳抄古文中的「艸」、「竹」互作現象，學者往往解讀不一，如《汗簡》「菜」字古文作[古文字形]（58.8.1），〔註 71〕《說文》小篆作「[古文字形]」，上部所从[古文字形]形，鄭珍以爲「艸改从竹，謬」，黃錫全則認爲「艸、竹義近，流傳古文蓋有从竹之菜」。〔註 72〕此正反映「艸」、「竹」互作現象在傳抄古文中的複雜性。

「竹」字古作[古文字形]（耳竹爵《集成》08269）象竹葉下垂之形，戰國時或加「二」爲飾筆作[古文字形]（好盗壺《集成》09734），或於豎筆中加橫筆爲飾作[古文字形]（包山 150）。〔註 73〕「艸」字多作[古文字形]形，从二「屮」，甲、金文未見獨體，然偏旁多見。〔註 74〕就形體而言，此二形主要差別在於中豎旁斜筆之方向上下有別，下垂者爲「竹」，上揚者爲「艸」。然其作於偏旁時，因書寫簡率或筆勢變化所致，有時難以截然區劃。此二形中豎旁斜筆原皆分爲兩筆書寫，運筆時或求便捷而一筆揮就，或筆畫斜度較爲平直時，有時皆會作如「十」字形。如从「艸」之字作[古文字形]（郭店・性 47「菉」字）、[古文字形]（曾 84「蒷」字）、[古文字形]（睡・秦律 4「荔」字）等，从「竹」之字如[古文字形]（睡・答問 30「籥」字）、[古文字形]（璽彙 2409「策」字），此二形確實具備形近訛混之條件；「艸」、「竹」均屬植物，若「艸」可與「木」、「禾」等同屬植物之偏旁通用，則「竹」應該也具備相同的義近條件；再者，文字中从「艸」與「竹」者甚眾，許多聲

年 9 月），頁 2；趙立偉：《魏三體石經古文輯證》（北京：社會科學文獻出版社，2007 年 9 月），頁 255。

〔註 71〕《四聲韻》引《義雲章》古文作[古文字形]（58.8.2），《韻海》錄作[古文字形]（58.8.3），結構相同。

〔註 72〕〔清〕鄭珍：《汗簡箋正》，卷 3，頁 1；黃錫全：《汗簡注釋》，頁 224。

〔註 73〕季師旭昇：《說文新證》上冊，頁 364。

〔註 74〕季師旭昇：《說文新證》上冊，頁 57。

符相同，而義符「艸」、「竹」互作者，亦有可能屬於通假關係，如《韻海》錄「葦」字古文（65.5.1），此形實爲「箺」字，《說文》未見，《玉篇》釋爲「竹」。「葦」字《說文》釋爲「大葭也。从艸、韋聲」，二字訓義有別。〔註 75〕《韻海》應假「箺」爲「葦」，非形符「艸」、「竹」互替。

綜上所述，傳抄古文中「艸」、「竹」二旁之互作現象難以確論，故筆者將之存以待考。

第二節　傳抄古文音近偏旁通用釋例

形聲字的形符不變，聲符替換爲音同或音近的另一個聲符，即所謂「音近偏旁通用」，或稱「音符互作」，或稱「改換聲符」，爲古文字構形演變常見現象。劉釗於《古文字構形學》中指出：

> 改換聲符是指將形聲字的聲符改換成另一個可以代表這個字讀音的字。改換聲符的原因大概有兩種可能：一是因聲音的變化。原來的聲符已不足以代表字的讀音，於是便用一個更爲準確的音代替舊的聲符。一是受相同或相近的讀音的影響而發生類化，使音有所改變或產生差異，於是影響了字形上的改變。另外也有可能僅是出於字形訛混的因素。〔註 76〕

上段引文大致說明了古文字中聲符替換現象之定義及成因，主要不外乎語音的變化與字形訛混兩種因素。傳抄古文中亦多見聲符替換之異構字，而其成因由於資料來源的多元性加以歷代傳錄過程中的人爲影響，較出土古文字來得複雜。或源於出土古文字中本有的聲符替換現象，或源於《說文》載錄之或體，或據後世字書所載異體「以隸作古」，或有形體來源不明者，茲將傳抄古文中聲符替換之異構字例，表列說明如下：

〔註 75〕〔梁〕顧野王：《大廣益會玉篇》，頁 71；〔漢〕許愼撰，〔宋〕徐鉉等校定：《說文解字》十五卷，第 1 篇下，頁 8。

〔註 76〕劉釗：《古文字構形學》，頁 87。

字頭	字　形	出　處	聲符 A（聲／韻）	聲符 B（聲／韻）	說　　明
禮	（7.6.1）	《說文》古文	豊（來／脂）	乙（影／質）	何琳儀認爲（7.6.1）字从示、乙聲，爲「禮」之異文。〔註 77〕（參下編 002）
芎	（41.8.1）	《韻海》	弓（見／蒸）	宮（見／冬）	《說文》：「营，香艸也。從艸，宮聲。……司馬相如說营或从弓」。〔註 78〕此例當取自《說文》或體。
蔆	（48.7.1）	《韻海》	淩（來／蒸）	遴（來／真）	《說文》：「蔆，芰也。從艸，淩聲。……司馬相如說蔆从遴」。〔註 79〕此例當取自《說文》或體。
芥	（65.2.4）	《韻海》	介（見／月）	齐（見／月）	「齐」从「介」聲，「齐」、「介」均可爲「芥」字聲符無疑。（參下編 008）
蓬	（67.3.1）	《說文》籀文	逢（並／東）	夆（並／東）	此形《四聲韻》錄作（67.3.2），「夆」旁左部斜筆益爲引長。《說文》篆文作「」，「蓬，蒿也。从艸逢聲。籀文蓬省」。〔註 80〕「蓬」从「逢」聲，「逢」从「夆」聲，「夆」可爲「蓬」字聲符無疑。

〔註 77〕何琳儀：《戰國古文字典》（北京：中華書局，1998 年 9 月），頁 1081。

〔註 78〕〔漢〕許愼撰，〔宋〕徐鉉等校定：《說文解字》十五卷，第 1 篇下，頁 2。

〔註 79〕〔漢〕許愼撰，〔宋〕徐鉉等校定：《說文解字》十五卷，第 1 篇下，頁 4。

〔註 80〕〔漢〕許愼撰，〔宋〕徐鉉等校定：《說文解字》十五卷，第 1 篇下，頁 9。

噍〔註81〕	 （105.1.2）	《四聲韻》引《石經》古文	焦（精／宵）	爵（精／藥）	《說文》:「噍，齧也。从口、焦聲。……噍或从爵」。〔註82〕从「焦」聲與从「爵」聲之字典籍多通假之例，可知其聲近可通。〔註83〕張富海指出，「嚼」字不見於經傳，《四聲韻》所引此石經古文可疑。〔註84〕
喟	 （107.2.6）	《韻海》	胃（匣／微）	貴（見／物）	《說文》:「喟，大息也。从口、胃聲。嘳，喟或从貴」。〔註85〕嘳與《說文》或體同形。（參下編013） 
唐	 （116.1.1）	《說文》古文	庚（見／陽）	昜（喻／陽）	《汗簡》錄（116.1.4）、《四聲韻》錄（116.2.3）、《韻海》錄（116.3.1）形體俱同。「唐」字甲骨文作（前4.29.6＝《合》7163）、金文作（唐子祖乙爵《集成》08834），从口、庚聲；戰國文字已見从口、昜聲者如（璽彙     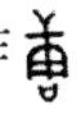 

〔註81〕《傳抄古文字編》字頭作「嚼」（噍），依該書「凡例」之説明，其字頭按《說文》論列，以（　）表示或體。《說文》以「噍」爲正文，「嚼」爲或體，《傳抄古文字編》此處字頭應修正爲「噍（嚼）」，方合於其書體例。

〔註82〕〔漢〕許愼撰，〔宋〕徐鉉等校定：《說文解字》十五卷，第2篇上，頁3。

〔註83〕《莊子・逍遙遊》:「而爝火不息」。《經典釋文》:「爝，本亦作燋」;《儀禮・士冠禮》:「若不醴則醮用酒」，「醮」字《周禮・輈人》鄭玄注引作「灂」。其餘通假例證甚多，茲不贅引，詳參張儒、劉毓慶：《漢字通用聲素研究》（太原：山西古籍出版社，2002年4月），頁988。

〔註84〕張富海：《漢人所謂古文之研究》，頁38。

〔註85〕〔漢〕許愼撰，〔宋〕徐鉉等校定：《說文解字》十五卷，第2篇上，頁41。

					0147)，爲《說文》古文所本。李綉玲指出「唐」字古音屬定母陽部、「庚」字屬見母陽部、「昜」字屬喻四陽部，「唐、庚、昜」三字韻部相同，但「定、見」二紐一爲舌音一爲牙音，並不相近，不足以準確代表「唐」字的讀音；而「定、喻四」二紐古音同爲舌音，戰國文字因而改換可以更爲準確代表「唐」字讀音的「昜」聲。〔註 86〕
吝	（120.7.1）	《說文》古文	文（明／文）	彣（明／文）	張富海指出，此形「文」旁加三撇，應是飾筆。雨臺山 21 號墓律管文中律名「濁文王」之「文」作，與之形近。〔註 87〕《說文》：「吝，恨惜也。从口文聲……，古文吝从彣」。〔註 88〕《說文》中「文」、「彣」已別爲二字，由許慎對之釋形可知，其認爲古文之形改从「彣」聲。《韻海》錄（120.7.3）、（120.7.4）二形，結構相同，筆勢、偏旁位置略異。
赦	（309.8.4）	《韻海》	赤（喻／鐸）	亦（昌／鐸）	可隸定作「赦」，已見《說文》，爲「赦」字或體。〔註 89〕「亦」、「赦」二字

〔註 86〕李綉玲：《古文四聲韻古文探賾》，頁 128。

〔註 87〕張富海：《漢人所謂古文之研究》，頁 39。

〔註 88〕〔漢〕許慎撰，〔宋〕徐鉉等校定：《說文解字》十五卷，第 2 篇上，頁 5。

〔註 89〕〔漢〕許慎撰，〔宋〕徐鉉等校定：《說文解字》十五卷，第 3 篇下，頁 8。

					音近，且典籍中从「赤」聲與从「亦」聲之字多見通假之例，其聲必近。（參下編 027）
⿱既月	（419.1.1）	《韻海》	既 （見／物）	气 （溪／物）	《韻海》另錄（419.1.2），偏旁位置有別。「⿰月气」字《說文》未見，《集韻》、《類篇》以之爲「⿱既月」字異體，「⿱既月」字訓爲「腰痛」、「腰者忽轉動而踠」等義。〔註 90〕「气」、「既」二字同韻而聲紐俱屬牙音，聲近可通，「气」、「既」俱可爲「⿱既月」字聲符。「⿰月气」字自出土文字以迄宋代以前字書皆未見，《韻海》應是據《集韻》、《類篇》所見「以隸作古」。（參下編 029）
觓	（438.2.1）	《韻海》	ㄐ （見／幽）	求 （羣／幽）	「觓」見《說文》，釋爲「角皃。从角、ㄐ聲」。〔註 91〕「觩」字《說文》未見，《集韻》、《類篇》等以之爲「觓」字或體。〔註 92〕
觶	（439.8.1）	《韻海》	單 （端 V 元）	氏 （章／支）	《說文》正篆作「觶」，从角、單聲。或體「觗」下注曰「禮經觶」。〔註 93〕此字應出自漢時所見古文禮經。《韻海》另錄（439.8.3）字，結構相同而筆勢稍異。

〔註 90〕〔宋〕丁度等編：《集韻》，頁 152；〔宋〕司馬光等編：《類篇》（北京：中華書局，1984 年 12 月），頁 153。

〔註 91〕〔漢〕許愼撰，〔宋〕徐鉉等校定：《說文解字》十五卷，第 4 篇下，頁 8。

〔註 92〕〔宋〕丁度等編：《集韻》，頁 75；〔宋〕司馬光等編：《類篇》，頁 162。

〔註 93〕〔漢〕許愼撰，〔宋〕徐鉉等校定：《說文解字》十五卷，第 4 篇下，頁 9。

箭	（443.2.2）	《韻海》	前（從／元）	晉（精／眞）	「箭」字古音屬精紐元部，「晉」字屬精紐眞部，聲紐相同而韻部旁轉，二字聲近可通，「晉」可爲「箭」字聲符無疑。
筍	（444.5.4）	《韻海》	旬（邪／眞）	尹（喻／文）	「旬」由「匀」得聲，《禮記‧聘義》:「孚尹旁達」，《經典釋文》:「尹，又作筠」。可見从「匀」聲之字與「尹」字聲近可通。〔註94〕「旬」、「尹」皆可爲「筍」字聲符。（參下編036）
餉	（511.2.1）	《汗簡》引古《尚書》	向（曉／陽）	尙（禪／陽）	此類形體出土文字未見，可隸定爲「餉」，析爲从食、尙聲。《說文》釋「尙」字構形爲「从八、向聲」，〔註95〕可見「尙」、「向」二字確實聲近可通。《汗簡》當據隸古定本《尚書》改隸作古。（參下編040）
餉	（511.3.3）	《韻海》	向（曉／陽）	襄（泥／陽）	《說文》:「餉，饟也。从食，向聲」，又「饟，周人謂餉曰饟。从食，襄聲」。〔註96〕「餉」、「饟」於《說文》中相互爲訓，二字實爲替換聲符之異體字。所从「襄」旁與《說文》古文作（825.3.1）、石經古文作（825.3.2）近似。（參下編040）

〔註94〕張儒、劉毓慶:《漢字通用聲素研究》，頁939。

〔註95〕〔漢〕許愼撰，〔宋〕徐鉉等校定:《說文解字》十五卷，第2篇上，頁1。

〔註96〕〔漢〕許愼撰，〔宋〕徐鉉等校定:《說文解字》十五卷，第5篇下，頁2。

麪	（540.3.2）	《韻海》	丏 （明／元）	面 （明／元）	《四聲韻》引《汗簡》作（540.3.1），與《說文》:「从麥、丏聲」之釋形吻合。〔註 97〕《韻海》所錄改从「面」聲。《玉篇》、《集韻》、《類篇》均以「麵」、「麪」爲異體。〔註 98〕
麓	（598.8.1）	《說文》古文	鹿 （來／屋）	彔 （來／屋）	《說文》正篆从林、鹿聲作「」，古文改从「彔」聲。〔註 99〕黃錫全指出甲骨文「麓」字作（粹 664＝《合》30268）、亦作（前 2.23.1＝《合》37468），已可見兩種不同寫法。〔註 100〕金文作（麓伯簋）與《說文》古文形近。《汗簡》錄《古尚書》古文作（598.8.2）、《四聲韻》錄作（598.8.4），下部皆从「彔」作，上部改从「艸」旁，黃錫全指出甲骨已見从艸、彔聲之「麓」字，如（乙 8688＝《合》35501）。〔註 101〕「林」、「艸」爲義近偏旁，古文字中常見替換。《汗簡》引

〔註 97〕〔漢〕許愼撰，〔宋〕徐鉉等校定：《說文解字》十五卷，第 5 篇下，頁 7。

〔註 98〕〔梁〕顧野王：《大廣益會玉篇》，頁 73；〔宋〕丁度等編：《集韻》，頁 162；〔宋〕司馬光等編：《類篇》，頁 193。

〔註 99〕〔漢〕許愼撰，〔宋〕徐鉉等校定：《說文解字》十五卷，第 6 篇上，頁 9。

〔註 100〕黃錫全：《汗簡注釋》，頁 230。

〔註 101〕黃錫全：《汗簡注釋》，頁 230。

					林罕《集字》「麓」字（451.5.1），下从「彔」聲，亦見「鹿」、「彔」兩聲符之替換。
暱	（648.1.1）	《韻海》	匿（泥／職）	尼（泥／脂）	「暱」字出土文字未見，《說文》：「暱，日近也。从日、匿聲。……暱或从尼」。〔註 102〕《說文》正篆作，或體作。《韻海》另錄（648.1.2）形，皆同《說文》或體。（參下編 051）
皦	（765.6.1）	《四聲韻》引《古老子》	敫（見／宵）	杲（見／宵）	字可析爲从白、杲聲。《說文》：「皦，玉石之白也。从白、敫聲」，「杲」、「皦」聲韻俱同，「杲」可爲「皦」字聲符。唐僧玄應《一切經音義・卷五十二》謂：「古文皦、皞二形，今作皎」。〔註 103〕玄應所錄「皞」字爲「皎」字古文，「皎」、「皦」二字聲、義俱近，歷來多被視爲異體字。依形體觀察，應是「皞」字篆形無疑，此字既見於唐代字書，可見夏竦所錄有據。（參下編 063）
廡	（925.4.2）	《汗簡》引《古尚書》	無（明／魚）	亡（明／陽）	《四聲韻》錄作（925.4.3）、《集上》錄作（925.5.3）、《韻海》錄作

〔註 102〕〔漢〕許愼撰，〔宋〕徐鉉等校定《說文解字》十五卷，第 7 篇上，頁 2。

〔註 103〕〔唐〕玄應：《一切經音義》（台北：大通書局，1970 年 4 月），頁 1116。

					 （925.6.1）形體皆同。此形鄭珍認爲乃僞孔經「仿舞、撫之古文从亡作」，黃錫全亦認爲乃據古文尚書以隸作古而成。〔註 104〕今本《說文》僅錄正篆「廡」（从「無」聲）與从「舞」聲之籀文（925.4.1）。《集韻》、《類篇》均見「庑」字，列於籀文後，注明爲《說文》或體。〔註 105〕  
奢	 （1032.8.1）	《說文》籀文	者（章／魚）	多（端／歌）	《四聲韻》引《說文》（1033.1.2）形同，另引《古老子》作（1032.8.4），「夕」旁皆寫脫一筆，訛如「人」形，《韻海》（1033.1.3）沿誤。形與秦系文字作（詛楚文）同形，來源有據。《說文》：「奢，張也。从大、者聲。籀文」。〔註 106〕「者」、「多」聲紐同屬舌音，韻部魚歌通轉。      
怕	（1052.8.2）	《韻海》	白（並／鐸）	霸（幫／魚）	㶚、㤚二字出土古文字、《說文》皆未見，《集韻》、《類篇》列爲「怕」字異體。《韻海》據之改隸作古。〔註 107〕（參下編 077）
怕	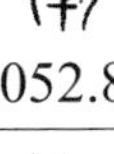 （1052.8.3）	《韻海》	白（並／鐸）	巴（幫／魚）	

〔註 104〕〔清〕鄭珍：《汗簡箋正》，卷 4，頁 17；黃錫全：《汗簡注釋》，頁 337。

〔註 105〕〔宋〕丁度等編：《集韻》，頁 97；〔宋〕司馬光等編：《類篇》，頁 335。

〔註 106〕〔漢〕許愼撰，〔宋〕徐鉉等校定《說文解字》十五卷，第 10 篇下，頁 3。

患	 （1065.5.1）	《說文》古文	串（見／元）	關（見／元）	《說文》共錄古文二形，一作（1065.5.2）、一作。張富海認爲形从串聲，从關聲，並指出字所从「關」旁，與戰國「關」字作（陳純釜《集成》10371）、（子禾子釜《集成》10374）等形基本相同。〔註 108〕此類「關」字季師旭昇以爲从「卵」聲。〔註 109〕檢戰國文字中「患」字作（郭店・老乙 5）、（郭店・性 42），與同構，目前出土文字中尚未見从「關」聲之「患」字。          
恐	 （1066.2.1）	《說文》古文	巩（見／東）	工（見／東）	《說文》：「恐，懼也。从心、巩聲。古文」。〔註 110〕篆文作「」，古文作，「恐」从「巩」聲，「巩」从「工」聲，「工」可爲「恐」字聲符無疑。   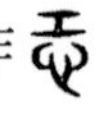

〔註 107〕〔宋〕丁度等編：《集韻》，頁 169；〔宋〕司馬光等編：《類篇》，頁 392。

〔註 108〕張富海：《漢人所謂古文之研究》，頁 144。

〔註 109〕季師旭昇：《說文新證》下冊，頁 177。上博簡《逸詩・交交鳴烏》簡 3  字，季師旭昇認爲當是「卵」字，與前一「闕」（閒）字，合讀爲「間關」。字形體與《說文》古文「關」旁下部構件近似。參季師旭昇主編：《上海博物館藏戰國楚竹書（四）讀本》（臺北：萬卷樓圖書有限公司，2007 年 3 月），頁 37、38。

〔註 110〕〔漢〕許慎撰，〔宋〕徐鉉等校定《說文解字》十五卷，第 10 篇下，頁 9。

					《汗簡》引《說文》作 （1066.2.2），引《古史記》作 （1066.2.3），皆同《說文》古文。〔註 111〕戰國楚系文字作 （九 M621.13）、晉系作 （中山王譽鼎《集成》02840），與《說文》古文同形，可知其來源有據。
汨	（1088.3.2）	《韻海》	冥（明／錫）	覓（明／錫）	《說文》：「長沙汨羅淵，屈原所沉之水。从水、冥省聲」。〔註 112〕「⿰氵覓」字出土文字與《說文》均未見，首見於《玉篇》列爲「汨」字或體，後世如《廣韻》、《集韻》、《類篇》亦見引錄。〔註 113〕（參下編 068）
聞	（1189.8.1）	《說文》古文	門（明／文）	昏（曉／文）	《說文》：「聞，知聲也。从耳、門聲。 古文从昏」。〔註 114〕戰國文字中已多見从「昏」聲之「聞」字，如楚系 （燕客量《集成》10373）、 （郭店・成 1），晉系 （中山王譽鼎《集成》02840）等。

〔註 111〕相關字形《四聲韻》、《集上》、《韻海》皆有引錄，字形來源同《汗簡》應據同一形體轉摹，惟筆勢略有差異，茲不贅錄。

〔註 112〕〔漢〕許慎撰，〔宋〕徐鉉等校定《說文解字》十五卷，第 11 篇上，頁 2。

〔註 113〕〔梁〕顧野王：《大廣益會玉篇》，頁 89。

〔註 114〕〔漢〕許慎撰，〔宋〕徐鉉等校定《說文解字》十五卷，第 12 篇上，頁 4。

					《汗簡》引《說文》「聞」字古文作（1190.1.2），此形與今本所見《說文》古文作不同，鄭珍、黃錫全皆認為此種差異乃由於所从「昏」字上部改从「民」，而今本从「氏」。〔註 115〕形已經有所訛變，《韻海》形（1190.4.3）當本又再寫訛。
紟	（1305.6.1）	《說文》籀文	今 （見／侵）	金 （見／侵）	《韻海》所錄（1305.6.2）形同。《說文》：「紟，衣糸也。从糸、今聲。籀文从金」。〔註 116〕「今」、「金」二字聲韻俱同。「淦」字《說文》正篆作「」，或體从「今」，《韻海》所錄（1109.2.1）同《說文》或體，亦可見「金」、「今」兩聲符之替換。
蜩	（1327.4.1）	《韻海》	周 （章／幽）	舟 （章／幽）	《說文》：「蜩，蟬也。从虫、周聲。……蜩或从舟」。〔註 117〕「周」、「舟」二字聲韻俱同，此例當取自《說文》或體。
飆	（1346.8.1）	《韻海》	猋 （幫／宵）	包 （幫／幽）	《說文》：「飆，扶搖風也。从風、猋聲。……飆或从包」。〔註 118〕今所見大徐

〔註 115〕〔清〕鄭珍：《汗簡箋正》，卷 5，頁 15；黃錫全：《汗簡注釋》，頁 410、411。

〔註 116〕〔漢〕許愼撰，〔宋〕徐鉉等校定《說文解字》十五卷，第 13 篇上，頁 3。

〔註 117〕〔漢〕許愼撰，〔宋〕徐鉉等校定《說文解字》十五卷，第 13 篇上，頁 7。

〔註 118〕〔漢〕許愼撰，〔宋〕徐鉉等校定《說文解字》十五卷，第 13 篇下，頁 2。

					本以「颮」為「飆」字或體，段玉裁指出《文選・西都賦》「颮颮紛紛」，李善注：「《說文》曰：『颮，古飆字也』」，改「颮」為「飆」字古文。〔註 119〕
墣	（1357.6.1）	《韻海》	菐（並／屋）	卜（幫／屋）	《說文》：「墣，塊也。从土、菐聲。……墣或从卜」。〔註 120〕「菐」、「卜」同韻，聲紐同屬唇音，聲近可通。
動	（1389.5.2）	碧落碑	重（定／東）	童（定／東）	「動」字《說文》：「作也。从力、重聲。古文動从辵」。〔註 121〕《說文》正篆及重文皆从「重」聲。戰國楚系文字所見「動」字已可見「重」、「童」兩聲符互用者，或作（郭店・性 10），或作（郭店・性 26）。傳抄古文中从「童」聲者亦多見，如《汗簡》引《古尚書》作（1389.5.3）、（1389.6.1）、（1389.6.2），《汗簡》引裴光遠《集綴》作（1389.6.3）等。〔註 122〕傳抄古文此類「童」字寫

〔註 119〕〔清〕段玉裁：《說文解字注》，頁 684。

〔註 120〕〔漢〕許慎撰，〔宋〕徐鉉等校定《說文解字》十五卷，第 13 篇下，頁 4。

〔註 121〕〔漢〕許慎撰，〔宋〕徐鉉等校定《說文解字》十五卷，第 13 篇下，頁 7。

〔註 122〕相關字形《四聲韻》、《集上》、《韻海》皆有引錄，字形來源同《汗簡》應據同一形體轉摹，惟筆勢略有差異，茲不贅錄。

					法與石經古文作（815.6.1）最爲近似（石經假「童」爲「重」，《傳抄古文字編》相關字形皆錄「重」字條下）。 

由上揭字表可見傳抄古文中之「音近偏旁通用」情形，有些已可與出土古文字相互參照，證明這些後世字書、碑刻等所轉寫摹錄之古文字形並非虛造；亦有雖未見於出土文字，然已見《說文》之古文、籀文、或體，傳抄古文或據《說文》字形結構改从古文偏旁書寫，或即摹錄《說文》篆形。另有些傳抄古文字形在出土古文字與《說文》中均未見，而是出於後世字書，此類例證較集中於《韻海》，且多數應爲據後世字書所載之形「改隸作古」而成。《韻海》對所錄字體皆不載出處，其書來源龐雜，由杜從古之自序「又爬羅《篇》、《韻》所載古文，詳考其當，收之略盡」可知此書有部分字形源自於《類篇》、《集韻》，郭子直亦指出此書補列集韻》裡的許多重文的古文寫法，將《集韻》裡的隸古定體翻寫成古文。〔註 123〕

値得說明的是，由於傳抄古文資料來源的複雜性，因此判定其是否爲替換「聲符」的異體時，有幾點必須注意：

字書是傳抄古文最主要的載體，然由於前人對古文字材料的認識，囿於客觀條件，難免有誤釋、誤判、誤錄之情形，而古文字形經由累代的轉寫摹錄，存在大量訛誤已是學界普遍的共識，甚至釋文、字頭亦在流傳過程中出現不少疏漏之處。《汗簡》錄「雲」字古文作（1154.4.1），下部从「員」，「員」、「云」古音均屬匣紐文部，聲近可通。此例看似可判爲替換聲符之異體，然鄭珍已指出此字應釋作「霣」，《汗簡》釋字有誤。〔註 124〕李春桃更就其他字書如《說文》、《四聲韻》中的錄字情況相互參證，同類形體他書均釋作「霣」，判定《汗簡》此字爲誤植。〔註 125〕既爲誤植，自然不可將之視爲異

〔註 123〕郭子直：〈記元刻古文《老子》碑兼評《集篆古文韻海》〉，吉林大學古文字研究室編：《古文字研究》第 21 輯（北京：中華書局，2001 年 10 月），頁 356。

〔註 124〕〔清〕鄭珍：《汗簡箋正》，卷 5，頁 8。

〔註 125〕李春桃：《傳抄古文綜合研究》，頁 83、84。

構字。

此外，如《韻海》中所載形體，多有據《類篇》、《集韻》等書改作者，《類篇》、《集韻》等字書對「異體」字之認定實有待商榷之處，有些被錄於同一字頭下的「異體」，可能存在通假字、近義字、誤植等不同情況，未必眞爲異體。就筆者對傳抄古文聲符替換字例的觀察，發現若干字例究屬聲符替換之異體或聲近之通假極難確論，須並存兩種可能性，以待後考。如《韻海》錄「柚」字古文（553.5.4），形同《說文》小篆「」。《說文》：「柚，條也。似橙而酢。从木、由聲」。〔註126〕另錄「柚」字古文（553.5.2）、（553.5.3）二形，此形應爲「櫾」字，《集韻》列爲「柚」字異體，就結構上而言，二形看似替換聲符之異體字。然「櫾」字已見《說文》，釋爲「崐崘河隅之長木也」。〔註127〕「柚」、「櫾」二字於《說文》訓義不同，此二字可能僅是通假關係，非一字之異體。如此之例不勝枚舉，故對其書中所錄古文形體之分析與歸類，務須特別留意。

第三節　傳抄古文構形概念不同釋例

一、構形模式不同者釋例

文字非一時、一地、一人所造，方俗有殊，各因其宜，故往往可見表同一音義而構形方式有別的異構字。如秦文字假「蚤」爲「早」，楚文字用从「日」、「棗」聲之「㬦」字表示「早」。〔註128〕隨著歷史的漫長演進，文字在日常生活的使用中，因實用目的而分化、孳乳，加以形聲字在文字系統中的強勢影響力，使得早期許多表意字，皆爲後起形聲字所取代。傳抄古文取資多方，所錄字形涵蓋不同時代、地域，因此出現異體紛呈之情形。其中構形模式不同者，主要表現爲表意字與形聲字之不同，或同爲表意字而構形模式有別。茲舉數例，論之於後：

〔註126〕〔漢〕許愼撰，〔宋〕徐鉉等校定《說文解字》十五卷，第6篇上，頁1。

〔註127〕〔漢〕許愼撰，〔宋〕徐鉉等校定《說文解字》十五卷，第6篇上，頁3。

〔註128〕周波：《戰國時代各系文字間的用字差異現象研究》（上海：復旦大學出土文獻與古文字研究中心博士論文，2008年4月），頁64、65。

（一）表意字與形聲字之不同

1. 守

「守」字金文作（守婦簋《集成》03082）、（冊守父乙觚），何琳儀認爲「守」字从宀、从又，會守護居室之意。〔註 129〕《韻海》「守」字作（718.6.4）與金文同構；《四聲韻》引華岳碑「守」字古文作（718.5.3），其形與戰國楚系文字作（郭店·唐 12）、晉系文字作（璽彙 0341）、、（侯馬）等形近似，來源有據。何琳儀指出此類形體下部應爲「肘」之本字，當係聲符。〔註 130〕

屬會意字，爲形聲字，構形模式不同，兩者皆可與出土文字合證。（參下編 060）

2. 禮

「豊」字古作（甲 1933＝《合》31047）、（長囟盉《集成》09455）等形，从壴、从玨，用鼓用玉會行禮之義，爲「禮」的本字。〔註 131〕石經「豊」字古文作（8.1.4），石經此字皆用爲「禮」字。與楚簡所見「豊」字作（上一·緇 13）、（郭店·緇 24）、（郭店·性 15）、（郭店·六 26）形似，來源有據。特別是與上博、郭店《緇衣》所見「豊」字完全同形，李春桃懷疑有可能受到《緇衣》底本影響，然還無法確論。〔註 132〕《四聲韻》引《古老子》「禮」字（7.7.3），即爲从「示」、「豊」聲之「禮」字，「豊」爲「禮」字初文，二字古通。傳抄古文初文、後起字並見，顯示其資料來源的豐富性。

《說文》古文「禮」字作（7.6.1），應即「礼」字。李天虹指出九里墩鼓座字，疑爲古文「禮」字，造字本意未詳。〔註 133〕何琳儀認爲此字从示、

〔註 129〕何琳儀：《戰國古文字典》，頁 190。

〔註 130〕何琳儀：《戰國古文字典》，頁 190。亦見李天虹：〈釋郭店楚簡《成之聞之》篇中的「肘」〉，安徽大學古文字研究室編：《古文字研究》第 22 輯，頁 262～265。

〔註 131〕季師旭昇：《說文新證》上冊，頁 400。

〔註 132〕李春桃：《傳抄古文綜合研究》，頁 322。

〔註 133〕李天虹：〈說文古文新證〉，《江漢考古》1995 年第 2 期，頁 75。

乙聲，爲「禮」之異文，並引九里墩鼓座之形爲證，徐在國、李春桃同其說。〔註134〕「禮」、「礼」屬替換聲符之異體。（參下編 002）

3. 琴

《汗簡》「琴」字古文作 (1271.1.2)、 (1271.1.3)，形同《說文》篆文「」，當承自小篆無疑。《汗簡》另錄《說文》古文作 (1271.2.1)，《說文》第十二篇下：「禁也。神農所作，洞越，練朱五弦，周加二弦。象形。凡珡之屬皆從珡。：古文珡，從金」。〔註135〕「珡」字商周古文字少見，戰國楚文字作 (上一·孔 24)、 (郭店·性 24)、 (曾箱漆書) 等形。字從「瑟」(作三「丌」或二「丌」、一「丌」之形)、金聲。、形與 、 接近，《說文》古文之形應承自楚文字而稍有訛變。 爲象形， 屬形聲，構形模式不同。（參下編 088）

4. 星

《說文》「曐」（星）字古文作 (659.4.1)，近於金文 (麓伯星父簋)，戰國晉系文字 (璽彙 2745) 與《說文》小篆 。季師旭昇指出甲骨文「星」字本作「晶」，如 (甲 675＝《合》31182)、 (後 2.9.1＝《合》11503 正)，象眾星熒熒之形，其後「晶」用爲形容詞，於是加「生」聲作 (乙 6672＝《合》11498 正) 遂與「晶」字分化。甲骨文星形數量不定，金文、小篆固定爲三星，戰國文字則開始簡化爲一星，後世隸楷承之。〔註136〕 从「晶」、「生」聲爲形聲字；(659.6.1) 見《四聲韻》所引崔希裕《纂古》，《集韻》、《類篇》皆謂唐武后「星」字作「〇」，與 近似。〔註137〕 或即採錄武周時所造新字，可視爲「星」之象形。 乃據後世俗字改作，李春桃指出，傳抄古文與後世文字區別明顯，對多數人而言是較陌生的，所以蒐集和摹錄古文的人往往會將當時生僻的字也當成古文，很多形體怪異、流通

〔註134〕見何琳儀：《戰國古文字典》，頁 1081；徐在國：《隸定古文疏證》(合肥：安徽大學出版社，2002)，頁 15；李春桃：《傳抄古文綜合研究》，頁 627。

〔註135〕〔漢〕許慎撰，〔宋〕徐鉉等校定《說文解字》十五卷，第 12 篇下，頁 7。

〔註136〕季師旭昇：《說文新證》上冊，頁 546。

〔註137〕〔宋〕丁度等編：《集韻》，頁 71；〔宋〕司馬光等編：《類篇》，頁 237。

性不強的俗字，乃納入傳抄古文系統之中。〔註 138〕（參下編 054）

5. 牙

「牙」字金文作（屖敖簋蓋《集成》04213），象上下大臼齒相錯之形，戰國文字筆畫多見黏合，如楚系作（郭店．語三 9）、齊系作（辟大夫虎符《集成》12107）。季師旭昇指出戰國時因「牙」多被假借爲「与」，故加上義符「齒」，如晉系作（陶彙 6120）、楚系作（曾 165），爲《說文》古文（190.7.1）所本。〔註 139〕加注義符後，其「牙」旁往往省如「ㄐ」形，如（郭店．緇 9）、（上一．緇 6）。〔註 140〕

《四聲韻》錄《汗簡》「牙」字古文（190.7.2）、（190.7.3），兩形皆可與出土文字合證，屬象形，爲形聲，構形方式不同。（參下編 018）

6. 雲

《說文》「雲」字古文有（1154.2.1）、（1154.2.2）兩形，此應爲「云」字，爲「雲」之象形初文，其後假借爲言語之「云」，乃加「雨」爲「雲」以存其本義。形與甲骨作（續 2.4.11＝《合》14227），戰國秦系文字作（璽彙 4876）、（璽彙 4877）等形近似；形則馮勝君、張富海、李春桃等人多認爲與楚系（帛丙）、（郭店．緇 35）等形體有關。〔註 141〕碧落碑另錄（1154.3.1）形，與戰國秦系文字（陶彙 5.249）、《說文》篆文「」同形，《韻海》（1154.6.1）形則應是取古文偏旁拼寫而成。傳抄古文初文與後起字並見，「云」爲象形，「雲」屬形聲，構形方式不同。類似情形尚有《韻海》「冰」字作「仌」（1145.2.2）、（1145.3.1）；「燕」字《汗簡》作（1167.5.1）、《四聲韻》引林罕《集字》作（1167.5.4）等。（參下編 082）

〔註 138〕李春桃：《傳抄古文綜合研究》，頁 273。

〔註 139〕季師旭昇：《說文新證》上冊，頁 127。

〔註 140〕何琳儀：《戰國古文字典》，頁 511。

〔註 141〕馮勝君：《郭店簡與上博簡對比研究》（北京：綫裝書局，2007 年 5 月），頁 423；張富海：《漢人所謂古文之研究》，頁 151；李春桃：《傳抄古文綜合研究》，頁 734。

此外，古文字構形中有所謂「變形音化」現象，劉釗指出「變形音化」乃文字受逐漸增強的音化趨勢的影響，將一個字的形體的一部分，人爲地改造成與之形體相接近的可以代表這個字字音的形體，以爲了更清楚地表示這個字字音的一種文字演變規律。〔註 142〕傳抄古文中亦見此類例證，附論於此。《四聲韻》引王庶子碑「誥」字作 （226.4.4），从言、从廾，與金文作 （𣄰尊《集成》06014）、戰國楚簡作 （上一・緇 15）同構。《四聲韻》引王存乂《切韻》「誥」字作 （226.4.3），上部改「言」爲「告」，張富海則認爲是將義符「言」改成形體相近的聲符「告」。〔註 143〕。 （226.4.4）爲會意， （226.4.3）屬形聲，兩字構形模式不同。（參下編 023）《四聲韻》引《義雲章》「弄」字作 （260.8.1），與戰國晉系文字作 （璽彙 3144）同形，李春桃認爲「工」、「弄」皆爲東部字，从「工」亦應是「變形音化」。〔註 144〕（參下編 025）

（二）同為表意字而構形模式有別

1. 彈

《汗簡》錄《說文》古文 （1285.4.1），此形亦見《四聲韻》，然今本《說文》不見此形。鄭珍列入《說文逸字》。〔註 145〕《說文逸字》鄭知同按語中引《通志・六書略・象形篇》「𢎗」下引《說文》「行丸也」、《集韻》、《類篇》亦有此形，當補入《說文》中。〔註 146〕黃錫全引甲骨「彈」字 （前 5.8.4＝《合》13523 正）、 （乙 5270 反＝《合》926 反）等形，認爲 應由此類形體演變而來。〔註 147〕 依六書構形當視爲合體象形字；《韻海》另錄 （1285.5.1）

〔註 142〕劉釗：《古文字構形學》（福州：福建人民出版社，2006 年 1 月），頁 109。

〔註 143〕唐蘭：《唐蘭先生金文論集》，頁 183；黃錫全：《汗簡注釋》，頁 91；張富海：《漢人所謂古文之研究》，頁 57；徐在國：《隸定古文疏證》，頁 55。

〔註 144〕李春桃：《傳抄古文綜合研究》，頁 658。

〔註 145〕〔清〕鄭珍：《汗簡箋正》，卷 5，頁 32。

〔註 146〕〔清〕鄭珍：《說文逸字》，《叢書集成初編》1102（北京：中華書局，1985 年 1 月，天壤閣叢書本），頁 228。

〔註 147〕黃錫全：《汗簡注釋》，頁 439。

字，當隸定爲「弜」，「弜」字已見《說文》，爲「彈」字或體。《說文》：「彈，行丸也。从弓、單聲。弜，或从弓持丸」。〔註148〕依許慎釋形，弜當屬會意字。

2. 爵

《韻海》「爵」字作（506.7.2），可能源自商金文（爵寶彝爵《集成》08822）一類的象形初文，爲獨體象形字；《汗簡》作（506.5.2），同於戰國秦系文字（睡・雜抄 38）、（睡・答問 113）等，應承西周金文（伯公父勺《集成》09935）而來，从又持爵，當屬會意。此例亦反映出傳抄古文系統兼涵不同的文字時代特徵。（參下編 039）

二、形聲字「義符」與「聲符」皆替換者釋例

漢字之所以可以通過改換相關構件這種方式來構造異體，是因爲凡義相近或音相近的字，在偏旁裡可以通用。而漢字聲符只需要能提示讀音而不用準確表音，故音近聲旁往往也可以通用。此兩種方式使得漢字改換相關構件成爲可能。傳抄古文異體之間有同爲形聲而義符、聲符均不同者，如《說文》「謀」字正篆作「謀」，从言、某聲，古文作（222.3.1）从口、母聲。義符「言」、「口」義近通用，聲符「母」、「某」均屬明母之部字，亦聲近可通。傳抄古文中亦不乏其例，如王丹舉出《四聲韻》中「謀」、「釜」、「崎」……等諸多例證。〔註149〕茲舉數例，論之於後：

（一）超

《汗簡》錄「超」字古文（138.4.2），未注出處。鄭珍認爲：「夏作是，蓋例古紹从邵作」。〔註150〕《四聲韻》引《義雲章》（138.4.4），形體較完整，字从「辵」、「邵」聲。黃錫全指出古文字「紹」或作（楚王

〔註148〕〔漢〕許慎撰，〔宋〕徐鉉等校定：《説文解字》十五卷，第12篇下，頁9。

〔註149〕王丹：〈《古文四聲韻》重文間的關係試析〉，中國文字學會、河北大學漢字研究中心編：《漢字研究（第一輯）》，頁241。

〔註150〕〔清〕鄭珍：《汗簡箋正》，卷1，頁28。

熊悍盤《集成》10158）、或作［古文字形］（璽彙 1835）。〔註 151〕於所論字中，「召」、「邵」應屬聲符之替換，「邵」从「召」聲，聲韻必近；「超」字从「辵」屬義符之「義近替換」。

（二）廟

「廟」字《說文》釋爲：「尊先祖皃也。从广、朝聲」。〔註 152〕馮勝君指出，戰國文字中表示「廟」這個詞時，楚和三晉文字作［古文字形］（郭店・語四 27）、［古文字形］（上一・孔 5）、［古文字形］（中山王譽壺《集成》09735），其形體同於《說文》古文［古文字形］（929.8.1）；而《唐虞之道》、《語叢一》中讀爲「廟」之字寫作［古文字形］（郭店・唐 5）、［古文字形］（郭店・語一 88），从宀、淖聲，與三體石經古文［古文字形］（929.8.2）類似，且以「淖」爲「朝」是戰國齊系文字與三體石經古文之特色。〔註 153〕

《四聲韻》引雲臺碑「廟」字古文作［古文字形］（929.8.4），與《說文》古文形近，亦與楚簡作［古文字形］（郭店・語四 27）同構。《汗簡》引《義雲章》古文［古文字形］（929.8.3），从厂、「淖」聲，與石經古文同形，《四聲韻》引古文「廟」字［古文字形］（930.1.1），改从「宀」作，與楚簡作［古文字形］（郭店・唐 5）同形，來源皆有據。由上引諸形可見，傳抄古文中的「廟」字可分兩系，《說文》所錄可與楚、晉系文字合證，石經古文則體現齊系文字特點。就字形結構而言，義符「宀」、「广」、「厂」混用無別，聲符「苗」、「淖」互替。

（三）韈

《韻海》錄「韈」字古文［古文字形］（548.8.2）、［古文字形］（548.8.3），依形當分別隸定爲「皵」、「絉」，《集韻》以此二字爲「襪」字異體。〔註 154〕《韻海》當據以改隸作古。義符「皮」、「糸」當係表示不同的材質，「蔑」、「末」古音均屬明紐月部，聲近可通。

〔註 151〕黃錫全：《汗簡注釋》，頁 116。

〔註 152〕〔漢〕許愼撰，〔宋〕徐鉉等校定：《說文解字》十五卷，第 9 篇下，頁 3。

〔註 153〕馮勝君：《郭店簡與上博簡對比研究》，頁 285。

〔註 154〕〔宋〕丁度等編：《集韻》，頁 195。

（四）視

《說文》「視」字古文作（858.7.2），从目、氐聲（季師旭昇由戰國文字來看，氐聲、氏聲似無不同）。〔註 155〕碧落碑錄「視」字作（858.7.4）、《汗簡》錄石經古文作（858.8.3），皆與《說文》古文同構，惟偏旁寫法與位置有別。此類字形應爲「眡」，李春桃指出以「眡」爲「視」在傳世文獻（如《周禮》）及出土文獻中都有出現（上博《緇衣》簡 1「有國者章好章惡，以眡民厚」，「眡」字郭店簡作「視」）。〔註 156〕「眡」从目、氐聲，「視」从見、示聲，形符、聲符皆異。與戰國楚系文字（上一・緇 1），晉系文字作（璽彙 2946）、（璽彙 1406）等較近似，來源有據。

在判別傳抄古文中因構形概念不同所產生的異構字時，必須特別注意其與通假字之間的區別。

唐代碧落碑「美」字作（357.2.1），形體近於《說文》小篆「」，與漢印篆文「美」字或作、等形尤其近似。「美」字甲骨文作（前 7.28.2＝《合》3100），从大，上象羽毛飾物，故有美義，屬合體象形字。〔註 157〕《汗簡》引《古尚書》「美」字作（357.2.4），此形即「媺」字，从女、敚聲，應是後起形聲字，典籍中「美」、「媺」二字常見通用。關於「媺」字構形學者有不同看法，其與「美」字關係或以爲異體，或以爲通假。

周波指出用「美」字表示美惡之「美」見於秦系、三晉文字，用「媺」相關字形爲「美」，則見於楚系與齊系。〔註 158〕如此，「美」、「媺」二字可能是因不同地域所產生的不同用字，可視爲異構關係。王丹、徐在國亦認爲「媺」是「美」字異體。〔註 159〕然而，出土文字中畢竟未見「媺」字，難以確認其爲「美」字異體，而「美」字古音屬明紐脂部，「敚」字屬明紐微部，聲近可通。故亦

〔註 155〕季師旭昇：《說文新證》下冊，頁 58。

〔註 156〕李春桃：《傳抄古文綜合研究》，頁 543。

〔註 157〕季師旭昇：《說文新證》上冊，頁 288。

〔註 158〕周波：《戰國時代各系文字間的用字差異現象研究》，頁 64、65。

〔註 159〕王丹：〈《古文四聲韻》重文間的關係試析〉，中國文字學會、河北大學漢字研究中心編：《漢字研究（第一輯）》，頁 238；徐在國：《隸定古文疏證》，頁 82。

有學者認爲「媺」、「美」二字應是通假關係，李春桃即採此說。〔註160〕由於將「媺」字視爲「美」字異體或通假皆有道理，故筆者暫並存之，以俟後考（參下編028）。

第四節　結　語

本章所論之異構字現象，有些可與出土文字合證，來源可靠；有些現象雖無直接字形證據，然有其他旁證可參，符合古文字的構形規律，亦有相當的可信度；當然亦有些字例的產生原因不明，於出土文字中無例可徵，或即來自後世俗體，或採古文偏旁形體拼寫而成，並非眞正的「古文」。

傳抄古文中的異構字確實反映了其取材的多樣性，同一字頭下所列諸形，或初文、後起字並見，或各自體現不同區域的文字特性。「古文」主要應是戰國文字，然傳抄古文之編纂者皆爲漢代或漢代以後之人，其於字形的整理、辨識、摹錄、釋文過程中，往往將一些非「戰國」的文字容納入傳抄古文的系統，如《說文》篆文、籀文亦大量出現在相關字書中，這可能是當時人對這些文字尚無清楚的斷代、分域概念，只要形體奇古便以之爲「古文」，《韻海》採錄大量青銅器銘文，並據後世字書《集韻》、《類篇》中之字形改作古文，致使部分殷周文字、秦漢文字、後世俗體亦雜入其中。

做爲古文字的轉錄形體，傳抄古文可以體現若干古文字的構形演變規律，如本章所論「義符」替換現象，多可與出土文字參證，部分於出土文字中未見的替換現象，可能參考《說文》重文中的義符替換情形，或據後世《字書》改寫。然傳抄古文屬於轉錄性質之文獻，與出土古文字作爲某時、某地的實用文字並不相同，相對於古文字，後世文字較具規範性，同字異形之情況較少，因此後人對文字中多變的構形現象，較無深切感受。加以編纂成書後，受到字書體例規範的影響，傳抄古文中所呈現的偏旁替換現象，已與出土文字有些差別。如早期殷周古文字中多見的「艸」、「木」義符替換現象，至戰國時已大幅減少，傳抄古文中所見亦少，可能是體現了這種文字時代特徵；而出土文字中不勝枚舉的「大」、「人」、「卩」、「女」等諸多表示「人體」義符的替換，在傳抄古文中則已較爲罕見，可能是因在《說文》中這些偏旁已較少互作的關係。

〔註160〕李春桃：《傳抄古文綜合研究》，頁552。

傳抄古文由於性質特殊，部分異構字現象的判定存在一定的疑義。如本章中所論許多看似「聲符」、「義符」替換之例，其實應該只是通假字或近義字；而許多字於古文字中或許通用無別，然後世字書分爲二字（如「豹」字），或於字書中同一字形列爲多字的異體（如「䕤」字）者，皆使我們較難區別它們是異體或通假關係。尤其相對於《說文》與石經古文的去古未遠，宋代的《汗簡》、《四聲韻》、《韻海》等傳抄古文字書，其目驗戰國文字實物之機率遠較漢魏時人更低，加以歷經自漢至宋的累代傳抄，其中所雜入的人爲因素更多，如此皆增加了其書中所錄形體的不確定性，亦造成後人在文字考釋上的困難；傳抄古文的形體訛變較爲嚴重，有些在古文字中不曾訛混的偏旁，在傳抄古文中卻見訛混（如「心」旁與「言」旁），致使判斷「異構字」的偏旁替換情形，除音、義條件之外，亦無法排除字形訛誤的可能性。

第三章　傳抄古文異寫字的類型

「異寫字」是指記詞功能和構形屬性都相同，只因構件的書寫變異而導致筆畫數量、筆勢、筆順等書寫屬性略有差別的字。文字的形體區別，如果只是出現在筆畫層次或不改變構意的構件層次上，它們還沒能改變一個字的構形屬性，即屬於「異寫字」的關係。〔註 1〕簡單來說，異寫字是同一個字因寫法不同而造成的形體差異。在古文字中，由於文字尚未形成嚴格規範，書寫較爲隨興自由，因此形體往往不固定，導致「異寫字」大量存在。

「異寫字」的類型主要有兩種，一種是構件位置變異造成的異寫字，一種是構件形體變異造成的異寫字。〔註 2〕

（1）構件位置變異造成的異寫字

形體的書寫方向與構件位置不固定的現象，殷周古文已十分常見，由於其時文字尚無嚴格規範，一字之正反倒側往往通用無別，且其構件位置可能有好幾種措置變化。經過種種構形位置的變換，文字雖基本構件未變，並不

〔註 1〕趙學清：《戰國東方五國文字構形系統研究》（上海：上海教育出版社，2005 年 10 月），頁 14。

〔註 2〕王寧主編：《漢字學概要》（北京：北京師範大學出版社，2001 年 6 月），頁 91～94。

影響其本音與本義，然而已是姿態各異，眾體紛呈了。書寫方向不固定者，如甲骨文「中」字或作（甲 547＝《合》30198）、或作（佚 252＝《合》33096），「每」字或作（甲 1630＝《合》28702）、或作（甲 641＝《合》27310）等；構件位置不固定者，如金文「許」字或作（鬲比簋蓋《集成》04278）、或作（毛公鼎《集成》02841），「多」字或作（麥鼎《集成》02706）、或作（辛鼎《集成》02660）等。

（2）構件形體變異造成的異寫字

文字構件寫法變異是極其自然的情況，同一個構件由不同的人來書寫，在形體的筆畫或筆順、筆勢上就可能出現不同程度的變異。如戰國齊陶文或作（陶彙 3.1130）、或作（陶彙 3.372），筆畫曲直便略有不同。古文字寫法較爲多樣，同一形體取象之角度、描繪之精麤，亦往往造成不同的形體樣貌，如金文「酉」字作（盂鼎《集成》02837）、（永盂《集成》10322），皆象酒器之形，而形體略異。更遑論因文字歷時演進所產生的構形上的變異，如「女」字甲骨文作（後 1.6.7＝《合》2362 正），西周金文作（頌鼎《集成》02827），戰國楚系文字作（郭店・忠 2），秦系文字作（睡・法 80）；或是東周以後，各地因區域文化特性所產生的「文字異形」現象，如「中」字戰國楚系文字作（郭店・老乙 14）、晉系作（璽彙 2698）、燕系作（璽彙 0369）等。

「異寫字」只存在書寫方面差異，沒有構形上的實質差別，它的存在說明人們對漢字的形體識別具有一定程度的包容性。傳抄古文作爲古文字的轉錄體，其來源紛雜，加以字形經累世、多人的不斷轉寫，「異寫字」之普遍存在自是必然。本章針對傳抄古文中之「異寫字」進行分類並個別舉例論述，主要分爲下列兩個部分：

（1）構件方位移動：對傳抄古文構件的書寫方向與相對位置變化之類型進行分類討論。

（2）構件形體變異：此部分主要討論傳抄古文中同一形體之各種寫法的變化，以及經過形體異寫後所產生的「構件混同」與「異字同形」現象，並歸結傳抄古文的形體訛變規律以爲本章結論。

第一節 傳抄古文構件方位移動釋例

林師清源於《楚國文字構形演變研究》中指出：

> 所謂的「方位移動」，係指文字構成部件的方向或位置發生移動的現象。對於大多數文字而言，部件形體方向的改變，並不會對文字的音義造成影響……其型態大概有左右互換、上下互換、內外互換、上下式與左右式互換等四種。〔註 3〕

構件的書寫方向與位置不固定的現象，殷周古文已十分常見。何琳儀指出戰國時代由於政令不一，文字異形，其方向和位置的安排尤爲紛亂。可分爲「正反互作」、「正倒互作」、「正側互作」、「左右互作」、「上下互作」、「內外互作」、「四周互作」七類。〔註 4〕

何琳儀所論列之「正反互作」、「正倒互作」、「正側互作」三者，屬於構件書寫方向的變化。古文字有時書寫較爲自由，文字之正反倒側往往無別。戰國楚系「少」字或作（燕客量《集成》10373），或作（包山 221）下部斜筆方向不同，楚簡「晐」字或作（璽彙 0248），或作（璽彙 1951），所从「日」旁正側互見，戰國璽印「千」字或作（璽彙 4461），或作（璽彙 4476）方向相反，皆屬此類現象。

傳抄古文中亦不乏形體書寫方向的變化，如石經「三」字古文作（19.8.1）、《汗簡》作（20.1.1），字皆作三橫，與殷商以來古文字之形相同，《四聲韻》引雲臺碑「三」字作三斜筆（20.2.2），形體略異；石經「王」字古文作（21.1.1），《四聲韻》引雲臺碑作（21.5.3），形體正倒互作；傳抄古文中的「水」旁常作橫書，爲傳抄古文中的慣見寫法，如石經「澤」字作（95.5.1）、「滅」字作（1123.3.1），《汗簡》引《義雲章》「洞」字作（1099.7.1），引《演說文》「涌」字作（1100.2.1），引《古尚書》「沔」字作（1085.5.1）、「洛」字作（1086.2.1）；傳抄古文中的「車」旁亦常作橫書，如《汗簡》「車」字作（1427.1.2），《汗簡》引《義雲章》

〔註 3〕 林師清源：《楚國文字構形演變研究》（臺中：東海大學中國文學系博士論文，1997 年 12 月），頁 138。

〔註 4〕 何琳儀：《戰國文字通論（訂補）》（南京：江蘇教育出版社，2003 年 1 月），頁 226～229。

「輶」字作（1428.3.1），《四聲韻》引南岳碑「軫」字作（1429.6.1）等；《韻海》「品」字作（206.6.1），下部「口」形轉向下方；《韻海》「只」字作（212.5.3），下部由兩小豎筆變爲兩橫筆，與常見「只」字有異；《四聲韻》引雲臺碑「空」字作（728.4.4），上部「穴」旁下兩筆改變方向由八改作，加以筆畫黏合遂與常見「穴」旁迥異。

構件相對位置的變化，林師清源分爲「左右互換」、「上下互換」、「內外互換」、「上下式與左右式互換」，與何琳儀所分「左右互作」、「上下互作」、「內外互作」、「四周互作」四類概念均同而稱名略異。何琳儀指出方位互作之情形，在戰國文字中以「左右互作」出現頻率最高，「四周互作」、「上下互作」次之，其他各類則較罕見。〔註 5〕傳抄古文中則以上下式與左右式互換爲數最多，左右互換次之，與出土戰國文字所見略有不同，「內外互換」、「上下互換」之例較少則與出土文字吻合。分別舉例如下：

一、上下式與左右式互換

字　頭	形　體　A	形　體　B
此	（147.5.1）	（147.7.3）
	碧落碑	《四聲韻》引《汗簡》
訥 （假訥爲吶）	（232.7.1）	（232.7.2）
	《汗簡》引王庶子碑	《四聲韻》引《古老子》
誹	（235.3.2）	（235.3.3）
	《韻海》	《韻海》
相	（326.8.1）	（326.8.2）
	《四聲韻》引《古孝經》	《四聲韻》引《古老子》
肖	（405.5.1）	（405.5.2）
	《四聲韻》引《古老子》	《四聲韻》引《古老子》

〔註 5〕何琳儀：《戰國文字通論（訂補）》，頁 226。

翊	 (346.6.1)	 (346.6.2)
	《韻海》	《韻海》
果	 (564.2.1)	 (564.2.2)
	《四聲韻》引《古老子》	《四聲韻》引《古老子》
槁	 (566.6.3)	 (566.7.3)
	《集上》引《說文》	《韻海》
極	 (569.3.1)	 (569.3.3)
	碧落碑	《汗簡》引裴光遠《集綴》
外	 (668.2.1)	 (668.2.2)
	《說文》古文	《汗簡》引《義雲章》
多	 (669.4.3)	 (669.4.4)
	《四聲韻》引《汗簡》	《四聲韻》引《汗簡》
什	 (783.4.1)	 (783.4.2)
	《四聲韻》引《古老子》	《四聲韻》引《古老子》
絍	 (821.2.1)	 (821.2.2)
	《韻海》	《韻海》
峯	 (913.8.1)	 (918.8.3)
	陽華岩銘	《四聲韻》引南岳碑
炳（假昺爲炳）	 (1007.8.1)	 (1007.8.2)
	《韻海》	《韻海》
恩	 (1046.4.2)	 (1046.5.1)
	三體陰符經	三體陰符經

江	（1083.4.3）	（1083.4.4）
	《汗簡》	《四聲韻》引《道德經》
海	（1094.3.1）	（1094.4.2）
	《汗簡》引《古尚書》	《四聲韻》引《汗簡》

二、左右互換

字　頭	形　體　A	形　體　B
和	（111.8.2）	（111.8.4）
	《汗簡》引《古尚書》	《四聲韻》引《籀韻》
此	（147.6.2）	（147.6.3）
	《汗簡》引王庶子碑	《四聲韻》引《古孝經》
師	（604.3.4）	（604.4.2）
	《韻海》	《韻海》
朔	（661.7.3）	（661.7.4）
	《韻海》	《韻海》
糟	（697.5.4）	（697.7.4）
	《汗簡》引裴光遠《集綴》	《韻海》
騷	（966.1.4）	（966.2.1）
	《韻海》	《韻海》
照	（1008.2.4）	（1008.3.1）
	《四聲韻》引《籀韻》	《四聲韻》引《籀韻》
結	（1299.4.3）	（1299.4.4）
	《四聲韻》引《古老子》	《四聲韻》引《古老子》

三、內外互換

林師清源指出「內外互換」屬於偏旁包孕式與非包孕式互換的現象，在楚國文字中出現的頻率是最低的。〔註6〕傳抄古文中之例證亦有限。

甲骨文「昌」字作（甲 185＝《合》19924），裘錫圭指出「昌」爲「唱」字初文，並說明「唱」最初可能指日方出時呼喚大家起身幹事的叫聲，這種叫聲大概多數有一定的調子，是歌唱的源頭。〔註7〕戰國齊陶文偏旁位置調動作（陶彙 3.27），楚簡作（郭店・緇 30），《韻海》「昌」字作（646.3.4），應是據此類調動偏旁位置的「昌」字變造爲「鳥蟲書」。

古文字「芻」字多从「又」、从「艸」會以手取草之意，如（甲 990＝《合》11418）、（散氏盤《集成》10176）等形，而後來形變如（望山）、（小篆）等形體，其中「又」旁已見訛誤。《四聲韻》引《道德經》「芻」字作（63.2.1），王丹以爲「艸」形移至手下且雙屮連寫而訛，無法會以手取草之意，其訛變過程大致如：→→。〔註8〕「芻」字所从的「艸」旁原皆包孕於變形的「又」旁內，《四聲韻》作（63.2.1），當可視爲「內外互換」。

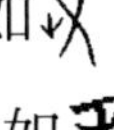

《說文》「訇」字籀文作（237.4.1），「勻」旁包覆「言」旁，《韻海》作（237.5.1）兩偏旁上下疊合；《韻海》「褘」字作（833.8.1），「衣」旁包覆「邕」旁（从「邕」聲應屬「聲符替換」），或兩偏旁左右並列作（833.8.2）；《韻海》「匡」字或作（63.5.1），或作（63.5.2），字从《說文》籀文「匚」（1274.7.1）、王聲，其偏旁之措置亦屬包孕式與非包孕式互換的現象。

四、上下互換

偏旁「上下互換」之例在傳抄古文中爲數最少。《韻海》「艿」字作（70.6.3），《四聲韻》引《籀韻》「芿」字作（70.6.1），王丹認爲此字當是

〔註6〕林師清源：《楚國文字構形演變研究》，頁 140。

〔註7〕裘錫圭：《古文字論集》（北京：中華書局，1982 年 8 月），頁 650。

〔註8〕王丹：〈《汗簡》、《古文四聲韻》傳抄古文試析〉，復旦大學「出土文獻與古文字研究中心網站」，2009 年 4 月 28 日。http://www.gwz.fudan.edu.cn/SrcShow.asp?Src_ID=773。

從艸、乃聲的「艿」字。其所從「艸」旁分離且上下移篆，變爲上部之「屮」和下部之「又」(屮之訛寫)〔註9〕；《韻海》眾字作  (814.2.3)，下部「口」形疑爲「日」或「目」旁之訛，古文字所見「眾」字多作「众」在「日」或「目」下之形，如甲骨文作  (鐵 233.1＝《合》69)，金文作  (師旂鼎《集成》02809)，戰國齊系文字作  (陶彙 3.634)、  (璽彙 4115) 等，出土文字中未見「日」或「目」形置於下部者，《集韻》錄「眾」字異體「㑺」，《韻海》  字應據「㑺」改寫〔註10〕；《汗簡》引《古尚書》「崇」字古文作  (915.6.2)，「山」旁置於「宗」旁下，出土文字未見這種寫法的「崇」字。

古文字中多數的構件書寫方向與位置調動並不會造成形體的錯訛或文字辨認的疑難。然傳抄古文由於訛變的情形較爲嚴重，有時文字構件位置發生變化，也會導致文字的變異。如上引《四聲韻》「艿」字作  (63.2.1) 兩「屮」形自「又」形分離出來後又黏合成「手」形；李春桃舉出《四聲韻》引雲臺碑「超」字作  (138.5.1)，本是从走、召聲的左右結構，但形體位置變化後，「召」旁的「口」形與「走」旁的「止」形連接在一起，組成了「足」旁。〔註11〕《韻海》眾字作  (814.2.3)，構件位置調整後，下部又訛爲「口」形，與習見「眾」字差異較大，驟視之難以立判。

第二節　傳抄古文構件形體變異釋例

構件形體複雜多變是傳抄古文的特色，在其文字體系中同一個文字或偏旁、構件往往具有多種寫法。形成這種現象的主要的原因可歸結爲「來源不同」與「形體訛變」兩類。「來源不同」者，如李春桃舉出「目」旁主要可分爲 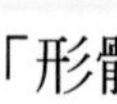 、 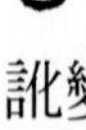 兩類，第一種類型在古文字中習見，第二種類型則多見於齊系文字；「形體訛變」者，如《四聲韻》通假爲「班」的「般」字作 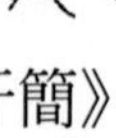 (35.2.3)，其所从的「支」旁未見於出土古文字中，當屬訛體。〔註12〕較《汗簡》、《四聲韻》晚出的《韻

〔註9〕王丹：〈《汗簡》、《古文四聲韻》傳抄古文試析〉，復旦大學「出土文獻與古文字研究中心網站」，2009年4月28日。http://www.gwz.fudan.edu.cn/SrcShow.asp?Src_ID=773。

〔註10〕〔宋〕丁度等編：《集韻》(北京：中華書局，1989年5月)，頁132。

〔註11〕李春桃：《傳抄古文綜合研究》(長春：吉林大學古籍研究所博士論文，2012年6月)，頁128。

〔註12〕李春桃：《傳抄古文綜合研究》，頁122。

海》，大大的擴充了傳抄古文的取材範圍，杜從古在該書自序中謂「今輒以所集鐘鼎之文、周秦之刻，下及崔瑗、李陽冰筆意近古之字，句中正、郭忠恕碑記集古之文……，又爬羅《篇》、《韻》所載古文，詳考其當，收之略盡」。〔註13〕由於採錄了《汗簡》、《四聲韻》中較罕見的銅器銘文，使傳抄古文中增加了更多不同的形體，如「爵」字在《汗簡》、《四聲韻》中主要有（506.5.2）、（506.5.3）兩類寫法，近於《說文》篆文「」，則源自《說文》古文（506.5.1）。《韻海》採錄的（507.1.1）與《古籀彙編》所錄（穆公鼎）、（寅簋）之形近似，（506.7.2）則源自商金文（爵寶彝爵《集成》08822）一類的象形初文（參下編039）；也因採錄後世碑刻、將後世字書形體改寫回「古文」等，將若干後世傳抄形訛較嚴重的形體或是產生於後世的俗體雜入傳抄古文的體系中，使其字形系統更形複雜且瑕瑜互見。

本節挑選若干形體，討論其單字與偏旁的形體變化情況，以期呈現傳抄古文複雜多變的形體特色。

一、口

「口」爲古文字中常見的偏旁，古作（甲1277＝《合》1446）、（甲940＝《合》24144），自甲骨至隸楷，形體變化不大。傳抄古文系統中獨體「口」字作如下等形：

一	（102.5.1）
二	（102.5.2）、（102.5.3）、（102.5.4）
三	（102.6.1）、（102.6.2）、（102.6.3）

除《隸續》所錄石經古文（102.5.1）筆畫略有殘損，其下部可見左右兩筆之筆勢呈曲弧狀，其餘諸形皆呈較尖細之「v」形。左右兩斜筆起筆處或與橫筆連成三角形狀，或略高於橫筆，寫法大抵近似。然「口」形用於偏旁時變化較爲多元。分述如後：

〔註13〕〔宋〕杜從古撰，〔清〕阮元輯：《宛委別藏‧集篆古文韻海》（揚州：江蘇古籍出版社，1988年2月），自序。

「口」旁作，略近三角形，爲《說文》古文、石經古文偏旁之慣見寫法，與篆文作「」筆勢不同。如《說文》古文（108.6.1「君」字）、（120.7.1「吝」字），石經古文（108.7.3「君」字）、（102.2.1「告」字）、（109.8.1「命」字）等字所从。《說文》古文形體下部較爲尖長，石經古文下部較短，筆勢略有差異。出土文字中作三角形狀之「口」形雖不乏其例，如金文「各」字作（貉子卣《集成》05409）、「吉」字作（倗生簋《集成》04262）；戰國晉系「唐」字作（三晉 127），楚系「𠯑」字作（侯馬），燕系作（左周弩牙《集成》11925），然其比例不若橫筆下作曲弧狀之「」形高。其實這種變化僅是書寫筆勢上的差異，無關宏旨，且亦不影響我們對於「口」旁的認定。自《說文》以來，「口」旁作者成爲傳抄古文的慣例，其後的石經、傳抄古文字書皆受其影響。緣此之故，在傳抄古文系統中「口」旁作者比例最高，與出土文字偏旁使用情況有別。

「口」旁作「」形者應是出土文字中最普遍的寫法，傳抄古文中獨體「口」字已多作形，然偏旁中亦頗多作「」形者。如宋古文磚「告」字作（102.4.3）、《韻海》「喙」字作（102.8.1）、「喉」字作（103.2.1）、「吸」字作（106.6.4）等。

「口」旁又作，應是將形之橫筆改作圓點，出土文字的「口」旁較少見到這種寫法，楚簡中「口」旁偶見橫筆以一小點或短畫爲之，左右與下部曲筆不黏合者，如「唬」字作（郭店・老甲 5）、「周」字作（郭店・窮 5）等；且古文字中短橫與圓點互作亦屬常見的構形現象，由而之變化，尚屬合理。然形之寫法，僅見於《韻海》，不排除是《韻海》編纂者刻意的改造。如「君」字作（109.6.2），「咨」字作（111.2.2），「誃」字作（120.2.1），「哈」字作（124.2.1），「悅」字（假「莌」爲「悅」）作（1058.2.3），「同」字作（745.8.2），「品」字作（206.6.3）等。

《說文》「嗌」字籀文作（103.5.1），許慎認爲「上象口、下象頸脈理也」。〔註 14〕季師旭昇指出金文作，从冉（髯的本字），以小圈指示咽喉的部位，

〔註 14〕〔漢〕許慎撰，〔宋〕徐鉉等校定：《說文解字》十五卷（民國十八年上海商務印

戰國以下指示符號類化爲「口」形，如晉系作（古幣 203），楚系作（包山 175），或加義符「肉」作（天・卜）。〔註 15〕（天・卜），右半寫法與《說文》籀文最爲相似。由古文字演進序列觀之，（103.5.1）上部近於「廿」形，本非「口」旁，然由於《說文》將之視爲「口」旁，勢必影響後世古文傳抄者對此偏旁之認定。如《韻海》「吁」字作（119.1.1），《汗簡》引《義雲章》「聽」字作（1188.5.4）、《四聲韻》引錄作（1188.6.1），其「口」旁皆作與上部相似。出土文字中亦見「口」旁作如「廿」形者，如楚簡「兄」字作（郭店・六 6），亦作（郭店・語一 70），傳抄古文這種「口」旁當有所本。

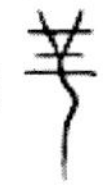

古文字中「口」形與「○」形、「厶」形，由於形體相近，書寫時經常相混，「口」形原需二至三筆，書寫時爲求便捷而以一筆寫就，即似「○」形、「厶」形。如楚簡「哀」字作（上一・民 4）、「弇」字作（上二・從甲 1）等，晉系「吳」字作（貨系 0373）等。傳抄古文中「口」旁作「○」形者，如碧落碑「哀」字作（121.2.2），《韻海》「命」字作（110.7.2）、「吉」字作（115.3.4）、「造」字作（155.3.3）、「巫」字作（469.8.3）、「本」字作（563.3.3）等。寫作「厶」形者，如《韻海》「可」字作（479.1.1），《四聲韻》引《古孝經》「本」字作（563.1.1）、《集上》引《古孝經》「本」字作（563.2.2）。

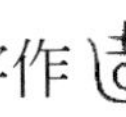

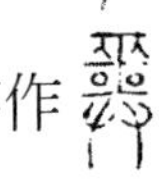

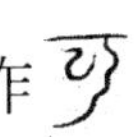

《說文》古文「周」字作（115.5.1），其下部「口」形作如「及」形，《說文》以爲下部从古文「及」。〔註 16〕商承祚認爲此乃「口」形之寫闕，黃錫全則認爲是「口」形橫作寫訛，與《汗簡》「名」字作（107.6.3）下部「口」旁寫法近似。〔註 17〕何琳儀指出戰國晉系「綢」字作（陶彙 6.20）、其「周」

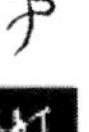

書館四部叢刊影印北宋本），第 2 篇上，頁 3。

〔註 15〕季師旭昇：《說文新證》上冊（臺北：藝文印書館，2002 年 10 月），頁 83、84。

〔註 16〕〔漢〕許慎撰，〔宋〕徐鉉等校定：《說文解字》十五卷，第 2 篇上，頁 4。

〔註 17〕商承祚：《說文中之古文考》（上海：上海古籍出版社，1983 年 3 月），頁 10；黃

旁寫法與《說文》古文吻合。〔註 18〕之寫法可與戰國晉系文字合證，然其下部形體與「口」形差別較大，加以《說文》將之視爲「及」旁，故其是否爲「口」旁尚待商榷。《四聲韻》引錄《說文》古文作（115.8.2），下部又訛作「乃」形。

《說文》「本」字古文作（562.8.1）形，上从木，下作三口形。《四聲韻》引《古老子》作（562.8.3），當由形寫訛，其下部中間的「口」旁筆畫分裂後又多所詰詘，作如「乃」形。「口」旁一般較少有這麼嚴重的訛變情況，或許受「周」字古文作（115.5.1）、（115.8.2）類化影響所致；《汗簡》「靈」字作（30.4.3），或作（30.4.4），亦屬同類現象。

《說文》「吳」字古文作（1027.8.1），「口」旁與「大」旁共用筆畫，與戰國楚系文字作（上二・子 1）、（郭店・唐 13），晉系作（璽彙 1178），齊系作（璽彙 1185）等形同構，來源有據。「口」旁之橫筆與其他部件共筆後，其餘部分經常訛作兩短筆，如《汗簡》錄《說文》「吳」字古文作（1027.8.2）、《義雲章》「吳」字作（1027.8.3），《四聲韻》錄《義雲章》「吳」字作（1027.8.4）。陽華岩銘「名」字古文作（107.6.1），上从「月」，「口」旁向左橫書且與「月」旁共筆，形體較爲特殊。《汗簡》引《義雲章》「名」字作（107.6.2），下部「口」旁筆畫斷爲兩橫筆。

《四聲韻》引雲臺碑「可」字古文作（478.6.2），《集上》引錄作（478.7.3），其「口」旁作兩斜筆形。楚簡文字中有個別書寫較爲簡率的「口」旁，下部曲筆未與上橫連接，形似二斜筆者，如「可」字作（郭店・成 19）、（郭店・尊 23），「君」字作（郭店・語四 22），之訛變情形可能與之類似。

《韻海》「口」旁有作三交叉斜筆的特殊寫法，較集中出現於「可」字相關

錫全：《汗簡注釋》（武漢：武漢大學出版社，1990 年 8 月），頁 257。

〔註 18〕何琳儀：《戰國古文字典》（北京：中華書局，1998 年 9 月），頁 182、183。

諸形，如「可」字作（478.8.4）、「河」字作（1082.8.2）、「奇」字作（479.2.4）、「哥」字作（479.4.1）。「驚」字作（969.8.2），「口」旁亦作交叉斜筆。

其他如《韻海》「口」旁或訛作小圓點，如「造」字作（155.2.4）；「品」字作（206.6.2），上横筆作如「︿」形；「品」字又作（206.6.1）下部「口」形倒轉，是較罕見的個別訛變現象，附論於此。

二、工

傳抄古文系統中獨體「工」字作如下等形：

一	（468.3.2）、（468.3.4）
二	（468.3.1）、（468.3.3）、（468.4.1）

（468.3.2）見《汗簡》，《四聲韻》所引形同，此類形體與甲骨文作（粹 1271＝《合》32981）、金文作（免卣《集成》05418）、戰國齊系文字作（貨系 2607）、秦系作（二年寺工讋戈《集成》11250）、楚系作（郭店・成 23）、《說文》小篆「」等形全同，爲古文字中的常態寫法。

（468.3.1）爲《說文》古文，許慎認爲从「彡」，《汗簡》、《四聲韻》所引形同，此類形體出土文字未見。若依許慎釋形，則當隸定爲「𢒄」，因疊加義符「彡」，其構形模式已與獨體「工」字不同，「𢒄」、「工」應視爲異構關係。然出土文字中作爲獨體或用於偏旁中的「工」，除了上揭常態的寫法之外，尚有若干較特殊的寫法，如楚簡作（上三・周 17）、（上三・彭 5）、（包山 116「攻」字）、（曾 1「左」字）等，這些「工」的形體雖仍與《說文》古文不盡相同，然其皆於「工」之中豎上增添筆畫，構意近似，準此，上之「彡」或可理解爲飾筆。再者，傳抄古文於偏旁中多見，且固定用爲「工」旁（應是採《說文》古文形體爲偏旁）。基於上述兩點，筆者此處仍將「𢒄」、「工」視爲同一偏旁的異寫。

「工」字用於偏旁，上列兩形互見，如《汗簡》「左」字作 （466.8.2）、《四聲韻》引《汗簡》作 （467.2.2）；碧落碑「式」字作 （468.5.3）、《韻海》作 （468.6.2）；《四聲韻》引《古老子》「佐」字作 （801.2.1）、引《籀韻》作 （801.2.3）。就出現頻率而言， 形較高，可能與在《說文》中 是小篆， 爲古文有關。如石經古文「空」字作 （728.3.1），《四聲韻》引《說文》「釭」字古文作 （525.5.1），《四聲韻》引郭顯卿《字指》「貢」字作 （618.4.1），相關形體皆从 ，未見从 者。

傳抄古文「工」旁或見「彡」形與「工」形分離者，此種寫法與《說文繫傳》作 近似，僅見於「差」字偏旁。〔註 19〕《汗簡》引朱育《集字》「差」字作 （467.7.4），兩形分離後，「彡」形時見筆畫延伸之情形，同一「差」字《四聲韻》作 （467.8.1），「彡」形作與「左」旁等高，較《汗簡》所錄者略長，《韻海》「瘥」字古文作 （739.4.2），當是假「差」爲「瘥」，其「彡」形作與左半「差」字等高。

《四聲韻》引王存乂《切韻》「差」字作 （468.1.1）、「虹」字作 （1331.5.2），下部「工」旁中豎彎曲，先秦文字中較少見此類寫法，漢印「工」字作 、「差」字作 、 等形，其「工」之寫法與《四聲韻》「差」字、「虹」字下部近似，當係爲求美觀、奇特，刻意扭曲筆畫。〔註 20〕

三、米

傳抄古文系統中獨體「米」字作如下等形：

一	（695.4.1）、 （695.5.2）
二	（695.4.4）

〔註 19〕〔南唐〕徐鍇：《說文解字繫傳》（北京：中華書局，1998 年 12 月），頁 90。

〔註 20〕佐野榮輝等編：《漢印文字匯編》（臺北：美術屋，1978 年），頁 223。

三	（695.5.1）、（695.6.1）
四	（695.5.3）

甲骨文「米」字作（甲 903＝《合》34165），小點象米粒，中間橫筆，李孝定以為象篩形。〔註 21〕戰國燕系文字作（璽彙 0287），楚系作（包山 95）、（信 M2.29），秦系作（秦陶 1030），寫法差別不大，楚系或於橫筆上下各作三短筆，或作「十」形旁著四短筆，略有不同，其餘則多屬筆勢的差異，無關宏旨。

傳抄古文獨體「米」字約可分四類：

（695.4.1）見《汗簡》，《韻海》所錄（695.5.2）形同。（695.4.4）見《四聲韻》引《汗簡》，除筆勢較為彎斜外，結構與無異。

（695.5.1）見《四聲韻》引《汗簡》，中間橫筆向左下曳引，形成看似上「少」下「小」的寫法，其變化情形與《說文》「平」字古文作（483.3.1）、《汗簡》作（483.3.4）相類，然無論「米」字或「平」字，這種構形的變化皆無法與出土文字合證，當是傳抄古文的特殊訛體。《韻海》作（695.6.1），上部更近「少」形。

（695.5.3）形體怪異，其形與《韻海》「利」字作（421.7.4）、（421.8.1）近似，亦近於《六書通》所錄「利」字古文、。〔註 22〕由《六書通》所錄「利」字形體觀之，當是易「禾」為「米」，屬義符的義近替換。《韻海》之形則「刀」旁與「米」旁相互穿黏而訛。「米」古音屬明紐脂部，「利」屬來紐質部，典籍中从「米」聲之字可與从「畾」聲者通假，如《周禮・龜人》：「西龜曰靁屬」，《爾雅・釋魚》：「左睨不類」，段玉裁《周禮漢讀考》：「案：靁即《爾雅》之類也」。「靁」即為來紐字；《大戴禮記・曾子制言上》：「白沙在泥」，王引之《經義述聞》：「泥，讀為涅」，「泥」字為脂部

〔註 21〕李孝定：《讀說文記》（臺北：中央研究院歷史語言研究所，1992 年 1 月），頁 188。

〔註 22〕〔明〕閔齊伋輯，〔清〕畢弘述篆訂：《訂正六書通》（上海：上海書店，1981 年 3 月），頁 256。

字，「涅」字爲質部字。〔註 23〕綜上，「米」、「利」當具通假條件。

除第四形外，前三形於偏旁中皆見使用。从第一形者，如《說文》「糝」字作（696.8.1）、《汗簡》「糝」字作（696.8.3）、《四聲韻》「粿」字作（698.4.1）、《韻海》「粜」字作（696.4.1）；从第二形者，如《四聲韻》「糓」字作（702.4.3）、《集上》作（702.5.3）；从第三形者，如《汗簡》「糓」字作（702.3.1）、《四聲韻》「精」字作（696.1.1）、《韻海》「糗」字作（698.1.1）等。

《韻海》「米」旁有作者，中豎斷裂，與楚系文字作（包山 95）較似，如「粕」字作（700.2.1）、「粹」字作（698.6.1）、「糈」字作（698.2.1）等。此外，「糷」字作（701.8.2），「米」旁訛同「光」形，錯訛較甚。

四、土

傳抄古文系統中獨體「土」字作如下等形：

一	（1354.4.1）、（1354.4.2）、（1354.4.3）、（1354.4.4）（1354.5.1）、（1354.5.2）
二	（1354.6.2）
三	（1354.5.3）、（1354.5.4）
四	（1354.6.1）

「土」字甲骨文作（粹 17＝《合》32119），象地上土塊之形，或簡化作（粹 907＝《合》36975），金文作（盂鼎《集成》02837）、（亳鼎《集成》02654）等形。〔註 24〕戰國文字作（睡・日乙 40）、（帛書乙）、（貨系 3395），（郭店・唐 10）、（上二・子 3）、（璽彙

〔註 23〕張儒、劉毓慶：《漢字通用聲素研究》（太原：山西古籍出版社，2002 年 4 月），頁 812、878。

〔註 24〕季師旭昇：《說文新證》上冊，頁 230。

2837）等形。

石經古文作（1354.4.1），碧落碑作（1354.4.3），中豎上之圓點疑爲拓片漫漶所致，並非筆畫，其形同於石經。《汗簡》、《四聲韻》所錄皆同形。此類形體與上揭戰國各系文字同形，亦同於《說文》篆文「」。傳抄古文所見「土」旁以此形最爲慣見，且遍及各類材料：如《說文》「墺」字作（1356.1.1）、「堂」字作（1359.3.1），石經「堪」字作（1359.2.1），《汗簡》「垓」字作（1355.8.1）、「坐」字作（1362.2.2），《四聲韻》「埴」字作（1357.3.1）、「墨」字作（1363.4.1），《韻海》「墣」字作（1357.6.1）、「塊」字作（1357.7.2），不勝枚舉。

（1354.6.2）見宋古文磚，疑由上橫分作兩斜筆，或由形上部省作「︿」形而成，出土文字中較爲罕見。此類形體用於偏旁時，主要見於《韻海》，如「坪」字作（1356.5.1）、「埴」字作（1357.4.1）、「坎」字作（1364.2.3）等，數量亦多，應是《韻海》的特殊寫法，《汗簡》、《四聲韻》等字書未見此類「土」旁。

（1354.5.3）、（1354.5.4）見《韻海》，與戰國文字作（上二・子 3）、（璽彙 2837）近似，來源亦有據，然此形未見用於傳抄古文偏旁。

（1354.6.1）見《韻海》，下部有肥筆，形似「立」字，疑與戰國文字中「土」、「立」互作之例有關，如晉系「坡」字或作（兆域圖）、或作（璽彙 3256），「均」字或作（香續 101）、（璽彙 0782）。

綜上，獨體「土」字五類形體用於偏旁時，以較爲普遍，僅見於《韻海》，其餘《韻海》所錄三形則未見用。多數「土」旁寫法皆十分規律，僅「里」字所从出現較爲劇烈的變化。《四聲韻》引《古老子》「里」字作（1379.2.4），「土」旁上橫延長、下彎造成特殊訛體，出土文獻的「里」字未見此類寫法。《集上》錄作（1379.3.1），兩曲筆與中豎分離，《韻海》作（1379.4.1），曲筆保留而又將「土」旁橫筆補上。「土」、「士」形近，「士」字石經古文作（36.1.1）、《汗簡》引裴光遠《集綴》作（36.2.1），鄭珍認爲此類變化乃

「仿古玉（ ）加」。〔註 25〕筆者頗疑傳抄古文「里」字所从「土」旁之變化與「士」字有關，亦仿「玉」字古文上加兩斜筆而成，漢碑中「土」字已有此種寫法，如 （鮮于璜碑）。

五、屯

「屯」字甲骨文作 （掇 1.385＝《合》28180）、金文作 （史牆盤《集成》10175），象植物種子發芽，有枝葉之形。〔註 26〕戰國秦系文字作 （屯留戈《集成》10927）、楚系作 （曾 10）、 （信 M2.23）、 （郭店・緇 1），晉系作 （令狐君嗣子壺《集成》09719）、 （貨系 4046）、 （三晉 94）、 （三晉 94），《說文》小篆作「 」。

傳抄古文未見獨體「屯」字，《石經》「頓」字古文作 （879.2.1），《四聲韻》引《古尚書》「杶」字古文作 （557.1.3），此兩形所从「屯」旁，與上揭戰國文字較爲近似，來源有據。

《韻海》「頓」字作 （879.3.2），「屯」旁筆勢改變，近似「手」形或「毛」形；《韻海》「杶」（假「鈍」爲「杶」）字古文作 （557.2.2），則已完全訛爲「手」形。

《汗簡》引王庶子碑「頓」字作 （879.2.2）、《四聲韻》作 （879.2.3），所从「屯」旁，與 字相比，似寫脫一筆，作如「屮」形，上揭戰國文字「屮」形上所著之短橫或圓點，有時不甚明顯，極可能在傳寫過程中將之省略，如戰國楚系「春」字作 （郭店・語一 40）上部「屯」旁中豎仍可見一小點， （郭店・語三 20）則已將該小點省略，傳抄古文之形或有所本。《韻海》「頓」字作 （879.3.1），所从「屯」旁略向左轉，作如「又」形。

《說文》「杶」字古文作 （557.1.1），所从「屯」旁與《說文》小篆「丑」字作「丑」完全相同，徐鍇以爲从「丑」雙聲，應不確。〔註 27〕商承祚指出右

〔註 25〕〔清〕鄭珍：《汗簡箋正》（北京：中華書局，2011 年 6 月，清光緒十五年廣雅書局刻本），卷 1，頁 7。

〔註 26〕季師旭昇：《說文新證》上冊，頁 55。

〔註 27〕〔南唐〕徐鍇：《說文解字繫傳》，頁 108。

旁爲「屯」之側寫。〔註 28〕張富海從之，並引楚文字「屯」或有書寫較傾斜者，如（郭店・緇 1）爲證。〔註 29〕楚簡「春」字作（郭店・德 25），所从「屯」旁亦與（557.1.1）之「屯」旁近似。戰國楚系「丑」字作（欒書缶《集成》10008）、（包山 205），晉系作（三十三年大梁工師丑戈《集成》11330）、（貨系 0128），齊系作（陳鐘），燕系作（陶彙 4.111），皆與「屯」字差別較大，不易訛混。惟秦系作（睡・日甲 4）與篆文「丑」近同，皆作「又」上著橫筆之形，與「屯」字作「屮」形上著橫筆或圓點之形體較有訛混的可能。

石經「春」字古文作（68.2.2），从日、屯聲，與戰國楚系「春」字作（郭店・語一 40）近同。《隸續》錄作（68.4.1），《四聲韻》引石經作（68.5.1），《隸續》「純」字作（1293.3.3），所从「屯」旁皆有較嚴重的訛變。

六、言

「言」字於傳抄古文中，無論獨體或偏旁，其形體變化皆甚爲劇烈。獨體「言」字共錄三十一形，約可概分爲十類：

一	（216.8.1）、（216.8.2）、（217.2.1）、（217.4.2）
二	（217.1.1）、（217.1.2）
三	（216.8.4）、（216.1.3）、（216.1.4）
四	（217.7.1）
五	（217.2.4）、（217.4.1）
六	（217.4.4）、（217.5.2）、（217.7.2）（217.7.3）

〔註 28〕商承祚：《說文中之古文考》，頁 56。

〔註 29〕張富海：《漢人所謂古文之研究》（北京：綫裝書局，2007 年 5 月），頁 98。

七	（217.3.4）、（217.6.1）、（217.3.1）
八	（217.3.2）、（217.3.3）、（217.5.1）、（217.6.3）、（217.6.4）
九	（217.5.3）、（217.2.2）
十	（216.8.3）、（217.2.3）、（217.4.3）、（217.6.2）、（217.5.4）

第一類形體（216.8.1）見三體石經，爲石經古文固定寫法，石經偏旁均从此，如「許」字作（219.2.1）、「訓」字作（220.8.1）、「誕」字作（238.1.2）。此形與楚簡作（郭店・忠 5）、（上一・孔 8）、（上一・緇 17），晉璽作（璽彙 4284）、（璽彙 4285）等形近似，來源有據。《汗簡》錄作（217.2.1），《四聲韻》錄作（217.4.2），施謝捷摹爲（216.8.2）皆與石經原拓差別不大。

此類形體於傳抄古文偏旁中亦多見，如陽華岩銘「譏」字作（235.1.1），《汗簡》引《古論語》「訒」字作（232.6.1），《四聲韻》引《古尚書》「諺」字作（232.1.2），《韻海》「謗」字作（235.4.1）等。此類古文作於偏旁時，上部或較石經之形多增橫筆，如《四聲韻》引《籀韻》「訝」字作（232.2.1），或字形中間作中豎畫，如《韻海》「詑」字作（233.8.1）、《韻海》「誃」字作（236.1.1）等，皆爲古文字常見形體，如楚系「言」字作（郭店・成 13）上即著橫筆，晉璽作（璽彙 4284）、（璽彙 4285），中豎時有時無。

《集上》錄《古史記》「諝」字作（233.4.1），對比《四聲韻》所錄同一形體作（233.3.1），可知其寫脫兩斜撇，僅餘兩重疊口形，筆畫脫誤；《韻海》「謙」字作（232.4.2）、（229.5.2），所从「言」旁上部「口」形之橫筆改作圓點，是在偏旁中較特殊的訛變。

第二類形體（217.1.1）見碧落碑，凡兩見，其形與《說文》小篆作

「𧥢」同形。此類「言」字出土文字亦多見，如戰國晉系「言」字作[古文字形]（中山王礜鼎《集成》02840），秦系「談」字作[古文字形]（十鐘）、「識」字作[古文字形]（十鐘），所从「言」旁皆與碧落碑文近似，就筆勢而言，應與秦系文字關係較爲密切。

此類形體亦多用於偏旁，如碧落碑「謁」字作[古文字形]（218.8.1）、「該」字作[古文字形]（245.5.1），《說文》「話」字籀文作[古文字形]（228.7.1）、《韻海》「譙」字作[古文字形]（242.4.3）等。《說文》「譙」字作[古文字形]（242.3.1），《韻海》「諳」字作[古文字形]（233.2.1）、「訝」字作[古文字形]（232.2.3），下部「口」旁作三角形，筆勢略異。

上表中的一、二兩類皆源自出土古文字中的普遍寫法，形體訛誤現象亦較少；三至十類皆由《說文》所見古文「言」旁寫訛，且混雜筆畫增減、曲直、黏斷、錯位、方向變異等多種因素，訛誤情況甚劇。

第三類形體[古文字形]（216.8.4）見碧落碑，凡三見，當是源於《說文》古文之「言」旁。《說文》古文「言」旁本身在傳抄時已見形體變異，約可分爲[古文字形]（240.7.1「訟」字偏旁）、[古文字形]（220.3.1「詩」字偏旁）兩形。[古文字形]、[古文字形]兩形差距甚微，僅在下部圈形上之兩短筆有無黏合成另一個圈形（下文爲論述方便，並避免混淆，將[古文字形]稱爲「甲類」、[古文字形]稱爲「乙類」）。筆者認爲「甲類」較「乙類」相對正確，疑「甲類」乃由石經古文[古文字形]（216.8.1）訛變而成，[古文字形]上部訛爲圈形，中間兩斜筆延伸且略微上移；傳抄古文「口」旁多見作三角形者如[古文字形]（102.5.2），下部筆畫尖細且較長，[古文字形]下部形體可能即[古文字形]類形體下部筆畫再行延伸、訛變而成。「乙類」則是將「甲類」的第一個圈形分裂爲兩短筆。

碧落碑的[古文字形]應與「乙類」[古文字形]較接近，碑文將[古文字形]上部左右各兩道的曲筆均以一筆連寫。碧落碑「善」字作[古文字形]（253.7.2）、《韻海》錄作[古文字形]（254.2.3）均从此類偏旁；〔註 30〕《四聲韻》引《古老子》「詰」字作[古文字形]（242.7.1），《韻海》

〔註 30〕[古文字形]（253.7.2）字構形，對比《說文》篆文「善」字从誩、从羊之釋形，其「羊」旁下累增構件，此構件近似「心」，然出文字與後世字書均未見疊加義符「心」的

「訟」字作（240.7.4）所从與《說文》較爲近似；《韻海》「諦」字作（223.7.2），所从「言」旁與近似，惟將中間圈形改作「口」形，寫法較爲特殊。

第四類形體（217.7.1）見《韻海》應是將《說文》「甲類」左右兩斜筆上移且改變筆勢而成，偏旁中未見从此形者。

第五類形體（217.2.4）見《汗簡》所引王庶子碑，（217.4.1）見《四聲韻》引《汗簡》。此類形體疑由碧落碑進一步寫訛，上部斜筆黏合，且形體相互穿突。偏旁中所見如《四聲韻》引《汗簡》「語」字作（217.8.2）、《韻海》「謁」字作（218.8.4），皆與《汗簡》作（217.2.4）近似，則（217.4.1）未見於偏旁。傳抄古文之「言」旁，有作如《說文》古文「糸」作者，如《汗簡》引林罕《集字》「諷」字作（220.6.1），《汗簡》引王庶子碑「試」字作（227.6.1），當由此類形體再進一步寫訛。

第六類形體（217.4.4）見《四聲韻》引《古孝經》，（217.5.2）則引自裴光遠《集綴》，《韻海》所錄（217.7.2）、（217.7.3）形同。此類形體當由《說文》「甲類」將左右兩曲筆上端黏合而成。偏旁从此類形體者，如《四聲韻》引《古孝經》「語」字作（217.8.3）、《四聲韻》引《說文》「諭」字作（221.7.1）等。《韻海》錄「詩」字作（220.5.3），所从「言」旁當據本類形體再寫訛。

第七類形體（217.3.4）見《四聲韻》引《汗簡》，《韻海》所錄（217.6.1）形同。《汗簡》引裴光遠《集綴》作（217.3.1），形體較爲特殊。本類形體當由第六類（217.4.4）寫訛。《汗簡》（217.3.1）字，同一形體《四聲韻》

「善」字。檢《四聲篇海》有「善」字作，《字彙補》有「善」字作，皆从三「言」，故筆者仍將（253.7.2）字「羊」旁下之構件視爲「言」旁。參教育部《異體字字典》A03222「善」字 http://dict.variants.moe.edu.tw/yitia/fra/fra03222.htm。

作第六類的 （217.5.2）可證。 上部兩曲筆包覆住第一個圈形，圈形變爲兩短筆，即成 形；亦可能直接由《說文》「乙類」 寫訛，曲筆黏合包覆中間兩短筆，即作如 形。偏旁从此類者，如《四聲韻》引濟南碑文「譙」字作 （242.3.4）、引《義雲章》「訾」字作 （236.8.3），《韻海》「訟」字作 （240.8.2）等。此類形體作於偏旁時，尚見以下幾種訛變：《汗簡》引《說文》「訟」字作 （240.7.2），《韻海》「講」字作 （232.5.1），上部訛似「肉」形；《韻海》「語」字作 （218.1.3）、《汗簡》引《說文》「詩」字作 （220.3.2），除上部訛似「肉」形外，下部圈形筆畫亦分離；《韻海》「譙」字作 （242.5.1）上部中間作如「匕」形，《韻海》「訾」字作 （237.1.1），下部圈形與其上部件中的兩短筆連筆書寫，筆勢稍異。

第八類形體多出於《四聲韻》，該書引《古老子》作 （217.3.2）、引《汗簡》作 （217.3.3），此二形相似；引《古尚書》作 （217.5.1），下部筆畫益加詰詘。本類形體應據碧落碑 形寫訛，其下部圈形再行分裂即與 近似。《韻海》錄作 （217.6.3）、 （217.6.4），形體下部皆較彎曲。本類形體於偏旁中爲數較少，如《四聲韻》引《古孝經》「謹」字作 （224.5.2）、引《古老子》「讁」字作 （241.8.1）等。此種「言」旁與「心」字較爲相似，有時便易與「心」旁混同。如《四聲韻》引《古老子》「讁」字 （241.8.1），《韻海》錄作 （241.8.2）即已作如「心」形。傳抄古文偏旁「心」、「言」互作者，可能是義符通用或形近訛混，亦可能是文字的通假，原因眾多，不易判定（詳參第二章）。

第九類形體 （217.5.3）見《四聲韻》引王存乂《切韻》， （217.2.2）見《汗簡》引《古尚書》，此類形體應據第八類 （217.3.2）連筆簡化而寫訛， 下部似仍見短豎， 則由一筆彎曲而成。本類形體於偏旁中較爲罕見。《四聲韻》引《古老子》「諱」字作 （226.1.1），所从「言」旁與 近似，字形中間訛增「日」形，疑受右半「韋」旁類化所致。

第十類形體 （216.8.3）見碧落碑，《汗簡》引錄作 （217.2.3），《四聲韻》作 （217.4.3）、《韻海》作 （217.6.2），形體與《汗簡》所錄者較似。《韻海》 （217.5.4）形體較爲特殊，疑爲 之訛形，姑附於此。本類形體亦未見作於偏旁者，疑由第八類形體 寫訛，將上部筆畫密合，下豎筆省略。

除上述諸形外，傳抄古文之「言」旁尚見幾種較爲特殊的變體：《四聲韻》引王存乂《切韻》「詩」字作 （220.4.4），所从「言」旁似雜揉石經古文 上部與《說文》古文 下部而成，傳抄古文中僅此一見；《四聲韻》引《古老子》「謙」字作 （229.4.3）、「論」字作 （223.2.2）所从「言」旁筆畫皆有誤增，來源不明；《韻海》「誼」字作 （229.7.4）、「讓」字作 （242.2.3）、「護」字作 （230.3.1），所从「言」旁明顯受後世隸楷文字影響。

七、手

「手」字條下共收篆體古文九形，據其形體可概分爲二組，分別表列如下：

一	（1193.4.1）、（1193.4.4）、（1193.5.2）、（1193.6.1）
二	（1193.4.2）、（1193.4.3）、（1193.5.4）（1193.5.1）、（1193.5.3）

（1193.4.1）爲《說文》古文，《四聲韻》錄作 （1193.4.4），《集上》錄作 （1193.5.2），《韻海》錄作 （1193.6.1），形皆相似，惟中豎上部傾頭方向左右有別。楚簡「手」字作 （郭店·五 45），與本類古文形體近似。傳抄古文中从此類「手」旁者較少，如石經古文「拜」字 作（1195.5.2），《汗簡》引《說文》作 （1195.6.2），字从兩「手」，可與楚簡 （郭店·性 21）合證，來源有據。《韻海》「揓」字作 （1230.1.1）、「搎」字作

（1230.7.1）亦从此類「手」旁。出土所見从「手」諸字，其「手」旁以作（曶鼎《集成》02838）類形體者爲多，作之例較少，除上揭楚簡「拜」字外，其他如楚簡「指」字作（郭店・性 28），晉系「掌」字作（陶彙 6.20），秦系「拜」字作（睡・日甲 28 反）等。

（1193.4.2）、（1193.4.3）見《汗簡》，上部向右傾頭；三體陰符經作（1193.5.4）、《四聲韻》引《説文》作（1193.5.1）、《集上》錄作（1193.5.3），上部向左傾頭。「手」字金文作（曶鼎《集成》02838）、（不其簋《集成》04328），亦可見上部傾頭方向左右皆有，上部傾頭方向之別實無關宏旨。傳抄古文所見「手」旁以本類爲最多，以傾頭方向而言，向右傾頭者佔絕大多數，如碧落碑「指」字作（1194.3.1）、「摛」字作（1200.6.1），《汗簡》「招」字作（1204.3.1）、引《古尚書》「拉」字作（1197.3.2），《四聲韻》引《籀韻》「操」字作（1198.5.2），引雲臺碑「掾」字作（1201.2.1），《韻海》「掐」字作（1196.6.1）、「擠」字作（1196.8.1）；向左傾頭者如《汗簡》「执」字作（1222.4.1），《四聲韻》引《籀韻》「摩」字作（1213.4.2），《韻海》「拜」字作（1196.2.2），數量較少。可能與《説文》以上部右傾者爲「手」（），左傾者爲「毛」（）有關。

除上述兩類寫法外，傳抄古文所見「手」旁尚有以下幾種變化：

「手」旁中豎上之曲筆轉向，作與小篆「尾」字「」下部毛尾之象形部件近同，出土文字中的「手」旁大概不會有這種寫法。如《四聲韻》引《古老子》「挫」字古文作（1197.5.1），《四聲韻》引《古老子》「攝」字作（1199.5.1），「損」字作（1209.7.1），所从「手」旁皆屬此類。《韻海》「捷」字作（1220.6.2），其「手」旁筆畫裂解，訛變益甚。

碧落碑「攜」字作（1200.4.1），《汗簡》引王存乂《切韻》「扶」字作（1197.7.2），《四聲韻》引《古老子》「挫」字作（1197.5.3），引王庶子碑「振」字作（1208.4.4）等，其所从者實非「手」旁，當受《說文》「折」字籀文作（64.6.1）影響，與戰國晉系文字（璽彙 4299）同形，來源有據。季師旭昇指出「折」字甲骨文作（前 4.8.6＝《合》7923），从斤斷木，金文斷木之形類化爲二屮形，如（不其簋《集成》04328），戰國文字於兩屮形中加「＝」形，加強斷開意味，如（璽彙 4299）。〔註 31〕傳抄古文以爲「手」旁者甚夥，此類形體導因於古人不瞭解古文之構形，因《說文》「折」字作之例而改寫「手」旁。鄭珍嗤其「以炫其奇」、「淺妄可笑」。〔註 32〕李春桃則以此類字例強調，古文之傳抄者爲使形體與眾不同，時見改寫形體意符之舉。〔註 33〕此類形體又有若干變化，《汗簡》「拾」字作（1211.3.1）、引王庶子碑「抗」字作（1219.1.3），其左半下部「屮」形筆勢左傾訛如「又」形；《韻海》「抗」字作（1219.2.4）、（1219.3.1），其左半形體較似在斷木形中加「＝」之形，與戰國楚文字作（王孫誥鐘《新收》0423「折」字所从）近似，來源亦有據；《四聲韻》錄王庶子碑「抗」字作（1219.2.3）、引王存乂《切韻》「攜」字作（1200.4.3），其左半形體之中豎上下貫串，訛與《汗簡》所錄王存乂《切韻》「朱」字古文（563.5.2）同形。

《韻海》「扒」字作（1222.5.1）所从「手」旁上部傾頭處改爲斜撇，與中豎分爲二筆，當受隸楷寫法影響。

八、目

「目」字條下共收篆體古文十一形，據其形體可概分爲六組，分別表列如下：

一	（321.7.1）、（321.8.3）、（322.2.1）

〔註 31〕季師旭昇：《說文新證》上冊，頁 62。

〔註 32〕〔清〕鄭珍：《汗簡箋正》，卷 2，頁 25。

〔註 33〕李春桃：《傳抄古文綜合研究》，頁 99。

二	(321.7.3)、(321.8.1)、(322.1.3)
三	(321.8.2)
四	(321.7.2)
五	(321.7.4)、(322.1.4)
六	(322.1.2)

第一類形體（321.7.1）爲《說文》古文，《四聲韻》引錄作（321.8.3），《韻海》作（322.2.1）。此形與戰國齊陶文作（陶彙 3.730）完全同形，來源有據，傳抄古文中較少見將此形作於偏旁者。

第二至第四類形體、、結構相同，僅字形中間分別作橫、豎、點，略有不同，這種差異僅是單純的筆畫變異，無關宏旨。此三形本可歸於一類，然因其作於偏旁時各有不同變化，爲論述方便故將之分立。

第二類形體（321.7.3）、（321.8.1）見《四聲韻》引《古老子》，《韻海》所錄（322.1.3）形同。此類形體可與楚簡作（郭店・唐 26）、齊系文字作（璽彙 3521「親」字偏旁）合證。郭店《唐虞之道》被馮勝君認爲具有齊系文字的風格特點，故此類形體當源自齊系文字。〔註 34〕此類形體較少見作於偏旁，石經「眾」字古文作（814.1.1）即从此類「目」旁，惟數量不多。

第三類形體（321.8.2）見《四聲韻》引《汗簡》，此形與戰國齊系文字「親」字（陶彙 3.917）所从「目」旁近似，亦源自齊系文字。此類形體於偏旁中最爲慣見，如石經「睦」字古文作（325.7.2），《汗簡》「**䀠**」字作（337.8.1），《四聲韻》引林罕《集字》「瞬」字作（336.1.3），三體陰符經「相」字作（327.1.1），《韻海》「睅」字作（322.8.2）等，數量頗多。此類形體作於偏旁時，外框上部時見分離，如《韻海》「睒」字作（322.6.1），上部筆畫已略見分離，「瞟」字作（324.5.1），已作如「白」

〔註 34〕馮勝君：《郭店簡與上博簡對比研究》（北京：線裝書局，2007 年 5 月），頁 319、320。

形，這種訛變現象在傳抄古文中相當普遍。《四聲韻》引《汗簡》「䀠」字作（337.8.3）亦見相似變化。

第四類形體（321.7.2）見《汗簡》，此形與二、三類同構，下部作橫筆，應是書寫筆勢之變異，然出土文字中尚未見與之完全同形者。此類形體亦多見作於偏旁，如《汗簡》「䀠」字作（337.8.2）、《汗簡》引華岳碑「睹」字作（324.7.2）、引《義雲章》「眣」字作（329.4.1）、引林罕《集字》「瞬」字作（336.1.1）；《四聲韻》引《古孝經》「相」字作（326.8.1）；《韻海》「睅」字作（322.8.1）等。與第三類相似，作於偏旁時亦有外框上部分離，而與「白」形近似者，如《四聲韻》引《古孝經》「睦」字作（326.1.1），引《古老子》「相」字作等。《韻海》「相」字作（327.2.1），其所从「目」旁應據、、訛省。

第五類形體（321.7.4）見《四聲韻》引《古老子》，《韻海》所錄（322.1.4）形同，此類形體未見作於偏旁。《四聲韻》錄崔希裕《纂古》隸定古文（327.8.4），當即據此類古文隸定。徐在國認爲此類形體源於古文字中豎寫之「目」字，如金文「相」字（作冊折尊《集成》06002）所从「目」旁，筆者從其說。〔註35〕

第六類形體（322.1.2）見《韻海》，來源不明，偏旁中亦無从之者。此形看似於「目」形上增睫毛之形。出土古文字中之「目」形多無此種增筆現象，疑此字可能爲「眉」或「首」字之誤植。甲骨文「眉」字作（京津2082＝《合》3198），「首」字作（前 6.7.1＝《合》15105）；金文「眉」字作（師眉鼎《集成》02705）、「首」字作（師遽方彝《集成》09897）皆與形近，相較之下，與甲骨文「首」字作最爲近似。

除上述幾種獨體「目」字外，偏旁中尚可見數種形體，其中有可反映文字的不同來源者：古文字中常見的豎目形如戰國秦系作（集粹）、楚系作（郭店・語一 50）、晉系作（璽彙 3135），雖未見於傳抄古文的獨體「目」

〔註35〕徐在國：《隸定古文疏證》（合肥：安徽大學出版社，2002年3月），頁77。

字，然於偏旁中相當普遍。如《說文》「懼」字古文作（1050.1.1），《四聲韻》引《籀韻》「眊」字作（323.5.1）、引雲臺碑「瞑」字作（328.3.1）；碧落碑「窅」字作（323.4.1）、「睦」字作（325.7.3），《韻海》「眅」字作（323.2.2）等；《四聲韻》引《古孝經》「眾」字作（814.2.1），其形與戰國齊陶文作（陶彙 3.675）近似，上部可視爲「目」之訛形，此「目」旁與齊璽「相」字（璽彙 3924）所从者亦近似，當即源於齊系文字。同類例證尚見陽華岩銘「懼」字古文（1050.1.2）。

偏旁所見特殊構形亦有出於形體訛混者，如《說文》「睦」字古文作（325.7.1），下部从「囧」作，對比石經古文作（325.7.2），可知「囧」爲「目」旁之訛。同類例證尚見《說文》「省」字古文作（338.3.1），《汗簡》引《說文》「眾」字古文作（814.1.2）；《四聲韻》引張揖《集古文》「眱」字作（332.7.2），引《演說文》「眉」字作（338.1.2），所从「目」旁皆作「自」形。古文字中「目」、「自」形近訛混之例多見，如楚簡「冒」字作（郭店・窮 3）、（郭店・唐 26），「親」字作（上一・緇 10）、（郭店・老甲 5），此類變化亦反映在傳抄古文中；《韻海》「看」字作（327.8.1）、（327.8.2），兩形對比可見「目」與「日」旁互作。「日」與「目」之形近訛混出土文字亦多見，如戰國晉系「明」字或作（璽彙 4394）、或作（侯馬），同類例證尚見《韻海》「督」字（327.7.1）；《韻海》「眅」字作（323.2.1），右下可能由古文字常見豎目形訛省爲「甘」形；《韻海》「眹」字作（329.5.2），可能由、一類形體，省略中間的圓點或橫畫，訛同「山」形；《四聲韻》引《古老子》「獨」字作（987.1.4），右半「蜀」旁上部之「目」呈倒三角形，訛變頗甚，類似例證又見《汗簡》引《義雲章》「獨」字作（987.1.2）、（987.1.3）。

九、虫

「虫」字條下共收篆體古文五形：

一	（1321.7.1）、（1321.7.2）、（1321.7.3）、（1321.7.4）、（1321.8.1）

傳抄古文獨體「虫」字寫法均相似，僅若干筆畫曲、直有別。甲骨文「虫」字作（乙 8718＝《合》22296）、（後 2.8.18＝《合》19622）、（戩 2.10＝《合》22768），象蝮蛇之形。甲骨文「虫」字可以概分為兩類，一類頭部以線條表示，作錐形尖突；一類則作雙鉤、。金文以下，多承甲骨形，變異不大。戰國楚簡偶見承甲骨形者，如（天・策），其餘各系文字皆承形一類，僅些微筆勢變化，如秦系作（睡・日乙 1011），晉系作（魚顛匕《集成》00980），燕系作（璽彙 0729）等。傳抄古文獨體「虫」字下皆著短橫為飾筆，與戰國璽印「虫」字作（璽彙 1099）、「蜀」字作（璽彙 3501）所从「虫」旁相同，當有所本。

作為偏旁的「虫」字，多見與獨體同形者，如《汗簡》引朱育《集字》「蝎」字作（1324.6.1），引李商隱《字略》「蛾」字作（1325.4.1），引《古爾雅》「螘」字作（1325.5.1），引裴光遠《集綴》「蚋」字作（1328.2.1）；《四聲韻》引王庶子碑「雖」字作（1323.1.3），引朱育《集字》「蠰」字作（1326.1.2），引南岳碑「虯」字作（1329.4.1），引石經「螽」字作（1333.2.1）；《韻海》「蜙」字作（1327.1.4），「蠘」字作（1331.8.4），「蟲」字作（1335.6.2），同樣可見其中豎筆略有曲、直的筆勢變化。此外，部分形體頭部筆勢較圓，不作尖錐狀，如石經「蟲」字古文作（1335.5.1），《四聲韻》引王存乂《切韻》「蟲」字作（1335.6.1）等；作於字形結構下部之「虫」旁，其頭部兩斜撇亦常見分離，如《汗簡》引林罕《集字》「蜀」字作（1324.8.1），引《義雲章》「蠘」字作（1331.8.1）；或有些筆畫訛變，如《韻海》「雖」字作 （1323.2.2）、 （1323.2.3），所从「虫」旁均見訛誤。

除與獨體「虫」字相似的寫法外，傳抄古文所見「虫」旁亦有其他來源：

《說文》「蜂」字古文作 （1333.8.1），「蠡」字古文作 （1334.7.1），《韻海》「蜀」字作 （1324.8.3），所从「虫」旁下部不著短橫，與獨體寫法有異，然卻合於上揭出土文字諸形，當別有所本。

《說文》「虹」字籀文作 （1331.5.1），「強」字籀文作 （1324.7.1），《四聲韻》引《籀韻》「蛺」字作 （1338.8.1），所从「虫」旁與《說文》小篆「 」近似；《韻海》「蝮」字作 （1322.1.1）、「虺」字作 （1323.3.1）、「蛭」字作 （1324.1.1）、「蜩」字作 （1327.4.1），所从「虫」旁「 」近於《說文》小篆而筆畫略異。「 」以兩筆作「 」象蛇之頭部，下另著一曲筆以示其身軀，「虫」則直接以「 」形左半筆畫屈曲而下，連成一筆。就出土文字而言，「 」與秦系文字作 （睡・日乙 1011）較爲近似，從甲骨以至漢代文字，「虫」字皆少見「 」形寫法，惟於漢印中找到部份字例，如「融」字作 與《說文》小篆「 」寫法較似，然爲數不多。《說文》从「虫」諸字，往往兩形並見，如「蟲」字作 ，「融」字作 ，此二形均應視爲篆文。總之，此兩種形體應與秦系文字關係較爲密切，《說文》籀文受篆文影響，从此類偏旁頗爲合理。此外，這種偏旁明顯集中於《韻海》中，其他傳抄古文材料則較罕見。

此外，傳抄古文中有一 形，常見於「竹」部與「艸」部之字中，筆者認爲其究屬「竹」、「艸」尚有可商之處，附論於此。由於 形爲數頗眾、不勝枚舉，茲略舉數例於後。「艸」部所見如《汗簡》錄「芥」字古文作 （65.2.1）、「薪」字作 （64.1.1），《韻海》所錄「葩」字古文作 （40.2.2）、「蕓」字作 （79.7.1）、「莿」字作 （62.5.1）等；「竹」部所見如《四聲韻》所錄「管」字古文作 （454.6.1）、《韻海》所錄「簾」字古文作 （447.7.1）。

《說文》古文 （465.7.1）上部即作 ，許慎以爲「从竹」，加以石經古文即改从「竹」作（465.7.2），更加強 為「竹」之可能性。故 形學者多以爲應乃「竹」旁，「艸」部所見者則多以「艸」、「竹」義符通用釋之。如《汗簡》「茱」字古文作（58.8.1），[註36]《說文》小篆作「」，上部所从 形，鄭珍以爲「艸改从竹，謬」，黃錫全則認爲「艸、竹義近，流傳古文蓋有从竹之茱」。[註37]就形體而言，斜筆向下者較可能是「竹」而不是「艸」， 形確實以「竹」之可能性較大，且如《四聲韻》所錄《義雲章》「迪」字古文作（454.7.1），其上部 形中間筆畫較粗呈墨塊狀，將字形放大觀察，中間似有短豎筆，對比《韻海》所錄（454.7.2），上部明顯从「竹」，由「竹」訛爲 僅將豎筆縮減即可，而「艸」旁則較難找到直接訛爲 之證據。

將 釋爲「竹」之關鍵在於《說文》「典」字古文，然戰國楚系「典」字作（包山 3），齊系作（陳侯因脊錞《集成》04649），上部豎畫有飾筆，爲《說文》古文（465.7.1）所承，季師旭昇已指出 形許慎以爲「从竹」，當正。[註38]楚系（包山 3）上部寫法亦與「艸」形似；「難」字《說文》古文作（363.5.3）、石經古文作（363.5.4）、字形左上作如「廿」形，此部筆畫縮減、彎曲後訛如 形，如《說文》另一古文作（363.5.1），此形小徐本改作，上部从「竹」，張富海已指出其爲誤改。[註39]類似例證尚見「皮」字，《說文》古文作（301.6.1），形體與楚簡作（上一・緇 10）近似，之上部作 形，《汗簡》引《古尚書》作（301.7.2），上部訛从「竹」，黃錫全已指其非。[註40]

綜觀上述字形，出土文字所見（包山 3），齊系作（陳侯因脊錞《集

[註36] 《四聲韻》引《義雲章》古文作（58.8.2），《韻海》錄作（58.8.3），結構相同。

[註37] 〔清〕鄭珍：《汗簡箋正》，卷 3，頁 1；黃錫全：《汗簡注釋》，頁 224。

[註38] 季師旭昇：《說文新證》上冊，頁 371。

[註39] 張富海：《漢人所謂古文之研究》，頁 74。

[註40] 黃錫全：《汗簡注釋》，頁 187。

成》04649)，本不从「竹」，《說文》錄作 已略有寫訛，加以許慎以之爲「竹」旁，稍晚的石經之形改从「竹」作，或許是受許慎影響，尤其與「竹」旁形義絲毫無關的「難」字在小徐本中被誤改爲从「竹」，更可體現《說文》訓解對字書中形體傳抄演變的影響力。

古文字中「艸」形若左右筆畫黏合即作如「艹」形，如戰國秦系「蘚」字 (睡・雜抄 25)，若其下部構件有橫筆，「艹」形與橫筆相連即與「廿」形近似，如秦系「葬」字 (睡・答問 77)，對比前文所論「難」字「廿」形之變化，「艸」形亦有訛如 形之可能。此外，《汗簡》錄「皮」字古文 (301.6.4)，形體與戰國晉系作 (三晉 115) 類同。《汗簡》另形作 (301.7.1)，與戰國楚系文字作 (上二・容 37)、 (上三・周 56) 等形近似，來源皆有據。《四聲韻》引《汗簡》 (301.8.1)，當即引錄 (301.7.1) 形，上部構件橫筆斷裂，作如隸楷之「艹」形。

綜上，傳抄古文中「艸」、「竹」互作之情況較爲複雜 (詳參第二章)，且 形見於「艸」部者並不少於「竹」部，故筆者懷疑 形可能是「竹」、「艸」分別經過不同的訛變後，產生的形體混同現象，「艸」部中所見 ，或即「艸」旁之訛形，未必非得理解爲與「竹」旁互作。

第三節　傳抄古文構件混同釋例

林師清源於《楚國文字構形演變研究》中指出：

> 偏旁「形近訛混」現象，是指兩個形體相近的偏旁，彼此訛亂混用的情形。這個現象的發生，有時是因書手一時粗心誤寫，有時是因書手對文字構形認知不足所致。〔註 41〕

「形近訛混」往往是在無意中造成的，由於形體近似，導致偏旁混同。〔註 42〕

〔註 41〕林師清源：《楚國文字構形演變研究》，頁 124。

〔註 42〕本論文採王寧之說將「異體字」再析爲「異構字」與「異寫字」兩類。對於文字的組成部分，王寧皆以「構件」稱之，故於本論文中相關定義論述與章節標題用語，均從王寧以「構件」一詞稱述文字的組成部分。王寧所謂「構件」又分「成字構件」與「非字構件」(參王寧：《漢字構形學講座》(臺北：三民書局股份有限

此類現象在出土文字中極爲普遍，雖屬形體訛誤，然具有一定的規律性，如何琳儀舉出戰國文字中「人」與「弓」、「人」與「彳」、「目」與「田」、「日」與「目」、「目」與「自」、「貝」與「目」等多組例證。〔註 43〕傳抄古文因形體訛變更爲隨意自由，形體詰詘、筆畫增刪、方向轉變，乃至於對原形摹錄不清或誤解形體構成的錯訛，甚至在同一形體的屢次轉錄中，雜入不同程度的形體訛變，使得傳抄古文中的偏旁混同情況遠較出土文字更顯複雜。

本節探討傳抄古文中的偏旁混同現象，須排除聲符的「音近通用」與義符的「義近替換」兩種因素，以純粹由形體近似而於書寫時產生形體的混淆者爲主，方能符合本章討論「異寫字」之標準。如「乘」字作（551.7.4），下部从「示」於義不合，仍應將之視爲「木」旁，只是因形體訛寫致誤。透過對形體的考釋，筆者將傳抄古文所見偏旁混同的情況，以表格的形式論列於後，並據以探討相關問題：

字頭	字形與出處	正確偏旁	訛寫偏旁	說明
乘	（551.7.4）《汗簡》引《義雲章》	木	示	字寫法由金文（倗生簋《集成》04263）、（多友鼎《集成》02835）、（師同鼎《集成》02779）等形訛寫，下部木旁省變，近似「示」形，郭忠恕誤以爲从示，而誤入「示」部。〔註 44〕
斯	（1423.1.2）《四聲韻》引《古尚書》	亓	示	李春桃指出《汗簡》引《古尚書》「斯」字作（1422.8.1），偏旁易「其」爲「亓」，「亓」是「其」字古體。同一形體《四聲韻》錄作（1423.1.2），所从「亓」旁訛同「示」形。〔註 45〕

公司，2013 年 4 月），頁 252、253）。本節所論傳抄古文構件混同諸例，皆屬「成字構件」，「成字構件」即一般習稱之「偏旁」，爲符合本節開頭引用林師清源對此類構形現象之定義用語，以及考量「偏旁」與「成字構件」兩術語之流通程度，筆者於本節中改以「偏旁」稱述之，特此說明。

〔註 43〕何琳儀：《戰國文字通論（訂補）》，頁 233～237。

〔註 44〕黃錫全：《汗簡注釋》，頁 69。

〔註 45〕李春桃：《傳抄古文綜合研究》，頁 154。

毛	（838.5.4）《四聲韻》引王存乂《切韻》	毛	尾	此形假「氂」爲「毛」，下部之「毛」形寫訛，「毛」字本作（838.5.1），中豎兩旁斷寫爲四斜撇，訛同「尾」字傳抄古文（844.6.2）、（844.7.4）等形。碧落碑「先」字作（857.1.2）、《汗簡》引錄作（857.2.2），鄭珍謂此字爲「毨」，左半从「倒毛」，其「毛」旁與小篆「尾」字「」下部毛尾形構件近同，與本條所論「毛」字之變化情況類似。〔註 46〕（參下編 067）
毛	（838.6.2）《韻海》	毛	水、尾	下部作如「水」形。然《韻海》所錄「尾」字作（844.8.4）亦與「水」同形。可見傳抄古文中「毛」、「尾」、「水」等偏旁存在因形體訛變而造成的同形現象。（參下編 067）
俯	（803.5.1）碧落碑	兆	尾	此字《汗簡》引作（803.5.4），《四聲韻》錄於「頫」字下作（879.4.4）。此三形當即「頫」字，碑文假「頫」爲「俯」。其所从「兆」旁與「尾」字作（844.6.2）、（844.7.4）等近同。黃錫全指出《說文》小篆作「」，左旁訛省。〔註 47〕小篆「兆」作「」與碧落碑文所从形體皆以五筆寫成，惟筆畫長短與位置略有變化，碧落碑「兆」旁與漢簡文字作（銀・尉 471）較爲近似。
駕	（967.4.2）《四聲韻》引《籀韻》	牛	手	《說文》籀文（967.3.1），段玉裁謂右半从「各」聲，徐在國則以爲可能是「加」的形誤。〔註 48〕李春桃則認爲兩說均有可能，並謂从「牛」乃是與「馬」旁的義符換用。〔註 49〕《四

〔註 46〕〔清〕鄭珍：《汗簡箋正》，卷 4，頁 11。

〔註 47〕黃錫全：《汗簡注釋》，頁 318。

〔註 48〕〔清〕段玉裁：《說文解字注》（臺北：洪葉文化事業有限公司，1999 年 11 月），頁 464；徐在國：《隸定古文疏證》，頁 205。

〔註 49〕李春桃：《傳抄古文綜合研究》，頁 537。

				聲韻》引《籀韻》（967.4.3）與《說文》籀文全同，則「牛」旁橫筆受上部曲筆類化，訛同「手」形。
許	（219.2.3） 石經	午	虫	所从「午」旁之中豎筆即略有彎曲，近似「虫」字（1321.7.3），石經另作（219.2.1），形體相對正確。
蟣	（1331.8.1） 《汗簡》引《義雲章》	虫	午	此字左下部「虫」旁中間豎筆明顯作直線，與「午」字作（1482.5.2）、（1482.5.3）極近。
賊	（1264.8.4） 三體陰符經	虫	甲	此形假「蠈」爲「賊」，《韻海》作（1265.1.1）與本字形近，此二形右下部之「虫」旁寫法與「甲」字作（1464.3.1）、（1464.1.1）極爲肖似。相對的，傳抄古文「甲」字或作（1464.1.4）、（1464.2.3）亦與「虫」形相似。（參下編 087）
憺	（1052.6.1） 《集上》引《雜古文》	心	虫	此字假「惔」爲「憺」，《四聲韻》引《古老子》「惔」字作（1064.6.1），兩形比對，即知豎心旁形誤增一橫筆，與「虫」形混同。（參下編 022）
思	（1039.7.2） 《汗簡》引華岳碑	心	廿	形體與燕系陶文作（古陶 103）完全相同。傳抄古文字中「心」旁訛作「廿」形之寫法，如實地反映戰國文字的形體特徵。（參下編 075）
駟	（967.7.1） 《四聲韻》引天臺碑	四	穴	此字上部「穴」形乃「四」字訛體，「四」字與戰國文字（先秦 277）、（郭店·老甲 9）、（陶彙 4.6）等形近，《四聲韻》引錄雲臺碑「四」字作（1456.5.3），已訛同「穴」形，可資佐證。（參下編 070）

諄	（221.8.2） 《韻海》	屯	女	字應隸定爲「忳」，从心、屯聲，《韻海》假「忳」爲「諄」，所从「屯」旁訛寫成似「女」形。（參下編 021）
頓	（879.3.2） 《韻海》	屯	手、毛	「屯」旁筆勢改變，近似「手」形或「毛」形；《韻海》「杶」（假「鈍」爲「杶」）字古文作（557.2.2），則已完全訛爲「手」形。篆文「手」作「」，「毛」作「」，兩形僅上部傾頭方向與筆勢略異，傳抄古文偏旁中兩形互作無別。
頓	（879.2.2） 《汗簡》引王庶子碑	屯	屮	「屯」旁似寫脫一筆，作如「屮」形，戰國楚系「春」字作（郭店・語一 40）上部「屯」旁中豎仍可見一小點，（郭店・語三 20）已將該小點省略。
杶	（557.1.1） 《說文》古文	屯	丑	所从「屯」旁與《說文》小篆「丑」字作「」完全相同。
好	（1245.5.2） 《四聲韻》引《籀韻》	丑	手	《汗簡》引《古尚書》「好」字作（1245.2.2），从子、丑聲。之「丑」旁形體略轉向上，橫筆類化成曲筆，作如「手」形。
好	（1245.6.4） 《四聲韻》引《籀韻》	丑	屮	此形「丑」旁作如「屮」形，當係訛省。
杭	（1219.2.1） 《四聲韻》引碧落碑	車	卓	碧落碑原拓作（1219.1.1），今存碑文此字僅一見，用爲「抗志澄原」之「抗」字，假「軌」爲「抗」。碑文未見「杭」字，《汗簡》、《四聲韻》錄爲「杭」或有誤。之「車」旁作如「卓」字，「車」、「卓」二字音義全然無涉，古文字中亦絕無通用之例，應是轉寫致誤，《汗簡》所錄（1219.1.2）、（1219.1.4）二形可證其非；《韻海》錄「輟」字古文作（1433.6.1），其「車」旁亦訛寫如「卓」，「車」、「卓」二旁訛混之例於古文字中無徵。（參下編 086）

衺	（827.3.2）《韻海》	牙	卓	《四聲韻》錄《汗簡》「牙」字古文（190.7.2），其「牙」之寫法與戰國文字楚系作（郭店・語三 9）、齊系作（辟大夫虎符《集成》12107）近似。「牙」作於偏旁時偶見較嚴重之訛變，如《四聲韻》引《義雲章》「衺」字作（827.2.2），其所从「牙」旁圈形中間較多一小點，《韻海》所从下部橫筆又貫穿豎筆，遂與「卓」形混同。
邪	（635.1.1）《韻海》	牙	耳	所从「牙」旁作如「耳」形，與「耳」字篆文作「」尤似。許師學仁指出戰國貨幣「郚」字，左下从古文「齒」，其左半即《說文》古文「牙」字（190.7.1），然貨幣文字形體訛變較大，其左上之「牙」旁有時會訛似「耳」形。〔註 50〕如（三晉 48）、（聚珍 197）等「郚」字所从「牙」旁即作如「耳」形。
糷	（701.8.2）《韻海》	米	光	《玉篇》:「糷，飯相著」。〔註 51〕此字左半「米」旁訛爲「光」，與「光」字篆文作「」同形。「米」、「光」音義全然無涉，「糷」字絕無从「光」之理，出土文字與後世字書亦未見「糷」字，當純爲轉寫訛誤導致偏旁的混同。
崎	（919.6.3）《韻海》	卩	又	形實爲「攱」字，《說文》:「攱嶇也。从危、支聲」。〔註 52〕「攱」字古音屬疑紐支部，「崎」字屬溪紐歌部，典籍中頗多通假之例。〔註 53〕《韻海》此形當假「攱」爲「崎」。左半「危」旁下之「卩」誤爲「又」，當是下部曲筆與中間短筆或圓點連筆而成。

〔註 50〕許師學仁：《古文四聲韻古文研究（古文合證篇）》（待刊），頁 48、49。

〔註 51〕〔梁〕顧野王：《大廣益會玉篇》（北京：中華書局，2004 年 1 月），頁 75。

〔註 52〕〔漢〕許愼撰，〔宋〕徐鉉等校定：《說文解字》十五卷，第 9 篇下，頁 4。

〔註 53〕相關例證如：《儀禮・士昏禮》「當阿」，鄭玄注：「今文阿爲庪」；《說文》：「攱，攱嶇也」，段玉裁注：「俗用崎嶇字」；《莊子・養生主》：「技經肯綮之未嘗」，《經典釋文》：「技，本或作猗」。參張儒、劉毓慶：《漢字通用聲素研究》，頁 501、502。

節	 （445.3.1）《韻海》	卩	己	此形應是《說文》山部之「岊」字，《說文》：「岊，陬隅，高山之節也。从山、从卩」。由同音通假爲「節」。此字篆形作「」，《韻海》所从「卩」旁寫脫一筆，訛同「己」形。《韻海》「令」字古文作（898.5.2），下部「卩」旁亦訛爲「己」。  
命	 （110.3.3）《隸續》	卩	人	《隸續》引石經「命」字所从「卩」旁寫脫一筆，作如「人」形，石經「命」字作（109.8.1），凡十二見，皆从「卩」作，未見从「人」者。《隸續》另兩形（110.3.1）、（110.3.2）尚不誤。   
命	 （110.6.4）《韻海》	卩	云（雲）	此形「卩」旁訛與《說文》古文「雲」字（1154.2.2）同形，訛變較爲嚴重。楚簡（郭店・性26「即」字）、（包山235「𠨻」字）所从「卩」旁與楚系「雲」字（帛丙）、（郭店・緇35）近似，疑與此類現象有關。   
杷	 （573.7.2）《四聲韻》引《籀韻》	巴	卩	此字「巴」旁訛如「卩」，《四聲韻》引《籀韻》另形作（573.7.1）尚不誤；同類訛混現象見《四聲韻》引《籀韻》「帕」字作（760.8.1），《韻海》錄作（760.8.2），「巴」旁訛如「卩」。   
靶	 （271.1.2）《韻海》	巴	巳	《四聲韻》引《籀韻》「靶」字古文作（271.1.1），《韻海》所錄「巴」旁寫脫一筆訛爲「巳」形。 
配	 （1193.2.1）《說文》古文	𦣝	戶	《說文》「配」字古文，許愼謂其从「戶」作，商承祚認爲「戶」是「𦣝」的寫訛，張富海並引石經「姬」字（1238.4.3）爲證，進一步指出所從「𦣝」旁與「戶」旁近似，可能是筆畫寫脫或簡寫訛誤爲「戶」。（參下編084）  

𦣞	(1193.2.3)《四聲韻》錄《古尚書》	𦣝	正	所从「𦣝」旁部分筆畫裂解、錯位、扭曲，訛爲近「正」形，《韻海》(1193.3.1) 同誤。(參下編 084)
扈	(628.5.1)《說文》古文	戶	卪	「扈」字从「卪」絕不合理，段玉裁已指出「當从戶而轉寫失之」。〔註 54〕(參下編 046)
扈	(628.5.2) 三體石經	戶	巳	「扈」字从「巳」亦不合理，王國維謂乃从石經古文「所」字 (1421.7.1) 之「戶」旁寫訛。〔註 55〕(參下編 046)
旬	(902.5.2)《汗簡》引石經	勹	宀	甲骨文「勹」字作 (《合》14294)，象人側面俯伏之形，即「伏」字初文。〔註 56〕《說文》篆文訛作「」，許愼釋爲「裹也。象人曲形，有所包裹」。〔註 57〕傳抄古文从「勹」諸字，多受《說文》影響，作扭曲而包裹的「」形。「旬」字古文作 (902.5.1)，《汗簡》引石經作，外部「勹」旁下筆分開呈近似「宀」形之寫法；同類情形尚見《汗簡》「包」字作 (903.4.3)，引華岳碑字作 (903.4.4「孢」字偏旁)。
羅	(751.3.2)《汗簡》引華岳碑	网	宀	《汗簡》引華岳碑「羅」字古文作 (751.3.4)，从「网」、从「糸」，施謝捷指出此形可與淄博市淄川區出土銅戈銘文「羅」字作 合證。〔註 58〕《汗簡》另形作 (751.3.2)，上

〔註 54〕〔清〕段玉裁：《說文解字注》，頁 286。

〔註 55〕王國維：〈魏石經殘石考〉，《王國維遺書》第九冊（上海：上海古籍出版社，1983 年 3 月），頁 62。

〔註 56〕于省吾：《甲骨文字釋林》（北京：中華書局，1999 年 11 月），頁 374。

〔註 57〕〔漢〕許愼撰，〔宋〕徐鉉等校定：《說文解字》十五卷，第 9 篇上，頁 6。

〔註 58〕施謝捷：〈古文字零釋四則〉，安徽大學古文字研究室編：《古文字研究》第 22 輯（北京：中華書局，2000 年 7 月），頁 158。

				部作如「宀」形，許師學仁指出「宀」是「网」的省變。〔註 59〕
臥	（816.6.2） 《四聲韻》引 《汗簡》	人	卜	《汗簡》「臥」字（816.6.1），形同《說文》小篆「臥」，《說文》「臥，休也。从人臣」。《四聲韻》之「人」旁筆勢轉變，與《說文》「卜」字古文作（316.4.1）形同。《集韻》有「卧」字，此形或有所本。
休	（584.3.1） 《韻海》	人	匕	石經「休」字古文作（584.2.1），《韻海》所从「人」旁調動方向、縮減筆畫，訛如「匕」形。
食	（507.5.1） 《四聲韻》引 林罕《集字》	人	勿	《四聲韻》錄《古孝經》「食」字作（507.4.3），此形實爲「飤」字。《說文》將「食」、「飤」分別二字，然李綉玲指出古「飤」字多可讀爲「食」，二者本實同字。「飤」字楚簡或作（包山 147）、或作（上四．曹 15），與傳抄古文作、有相類之處。〔註 60〕李春桃則引王丹之說認爲是因「刀」、「人」二旁常見訛混，而古文中「刀」旁常作「勿」形，「人」旁訛爲「勿」應是受「刀」旁類化所致。〔註 61〕
久	（550.6.4） 《汗簡》引碧落碑	久	弓	碧落碑原拓作（550.6.1），《汗簡》錄作（550.6.3），右旁左下斜筆縮短，與小篆作「久」近似，形「久」旁似因筆畫黏合，訛如「弓」形。
久	（550.7.1） 《四聲韻》引 《說文》	久	欠	此形右半「久」旁與碧落碑所从近似，其「久」旁似有斷筆且誤增最上部斜筆，訛與「欠」形相似。

〔註 59〕許師學仁：《古文四聲韻古文研究（古文合證篇）》，頁 60。

〔註 60〕李綉玲：《古文四聲韻古文探賾》（嘉義：國立中正大學中國文學研究所博士論文，2009 年 7 月），頁 275、276。

〔註 61〕李春桃：《傳抄古文綜合研究》，頁 132。

季	(1475.2.4)《韻海》	禾	之	石經古文「季」字作 (1474.7.1)，上所从「禾」旁中豎縮短，與戰國文字 (睡・日乙111)、 (包山 129) 等同形。《韻海》所錄上部「禾」旁因筆畫改曲爲直，訛同「之」形。
惠	(385.2.4)《四聲韻》引《古老子》	叀	車	「惠」字《說文》古文作 (385.1.1)， 所从「叀」旁上部三「屮」形調整方向，下部圈形亦自體類化爲倒「屮」形，寫法與《四聲韻》所引《道德經》「車」字 (1427.2.1) 同形。
疑	(911.4.3)《韻海》	山	白	此字《汗簡》作 (911.4.1)、《四聲韻》作 (911.4.2)，《韻海》上部「山」旁內增短橫，作如「白」形。「白」非指顏色詞之「白」，而是《說文》以爲「省自」的「自」字異體，篆文作 。
視	(858.8.2)《汗簡》	目	白	《說文》古文作 (858.7.1)，从目、示聲。《汗簡》 所从「目」旁，當由 形逐漸訛寫，演變軌跡如下： ─ ─ ─ ，上部筆畫分離，中間易點爲橫，遂作如「白」形，這種寫法的「目」在傳抄古文偏旁中甚爲多見。
曹	(474.3.2)《汗簡》引石經	甘	白	石經「曹」字古文作 (474.2.1)，與戰國齊文字作 (陶彙 3.1060) 同形。「曹」本从二東，會曹偶之意，後下加「口」形，「口」形再繁化爲「甘」形，《說文》以爲「从曰」，非。〔註 62〕「甘」作 (璽彙 1285) 當是齊系的特殊寫法，《汗簡》引作 ，「甘」作如「白」形。
映	(649.4.4)《韻海》	日	目	《韻海》「映」字作 (649.4.4)，字从「目」作。「日」、「目」之形近互作，古文字亦多見，如戰國晉系「明」字或作 (璽彙 4394)、或

〔註 62〕季師旭昇：《說文新證》上冊，頁 383。

				作（侯馬）。《韻海》「𣅜」字或作（649.2.2），或作（649.2.1），偏旁互作情形類同。
祭	（11.6.1）《韻海》	肉	目	字形結構看似从目、从示，與《說文》「視」字古文作（858.7.1）同構。然而「視」與「祭」音義全然無關，左半「目」形應爲「肉」形訛體，「肉」訛爲「目」後，再改寫爲傳抄古文常見「目」旁。（參下編 003）
籃	（449.6.1）《說文》古文	甘	目	《四聲韻》引《義雲章》作（449.6.4），改从傳抄古文常見的「目」旁。徐在國認爲此類形體下部並非「目」，而是「甘」，戰國齊系文字的「甘」或作（璽彙 1285）、（璽彙 3235）、（璽彙 3590），「甘」、「目」二形在傳抄古文中因形近而相混。〔註 63〕
睦	（325.7.1）《說文》古文	目	囧	石經古文作（325.7.2），下部所从「目」旁與楚簡「目」字作（郭店・唐 6）、齊陶文「親」字（陶彙 3.917）之「目」旁近似，來源有據。《說文》「目」旁訛同「囧」，亦見「省」字古文（338.3.1）。
邈	（171.7.3）《韻海》	彳	糸	《四聲韻》引《義雲章》「邈」字古文作（171.7.1），《韻海》錄，與之同構而筆畫多有訛誤。，「皃」旁下部「人」形筆畫黏合爲圈形，所从「辵」旁之「彳」形亦因筆畫黏合而與「糸」字古文同形。「彳」訛爲「糸」之情形，於《韻海》中不勝枚舉，如「邀」字（173.3.1）、「溜」字（173.5.1）、「運」字（159.5.1）、「還」字（160.5.1）、「選」字

〔註 63〕徐在國，〈試說《說文「籃」字古文》〉，中國古文字研究會，華南師範大學文學院編，《古文字研究》第 26 輯（北京：中華書局，2006 年 11 月），頁 496。

				（160.7.1）、「送」字（160.8.3）、「遣」字（161.2.2）、「遲」字（161.8.3）、「連」字（164.1.3）、「路」字（197.6.3）等，皆見此類偏旁混同現象。《四聲韻》亦見，如其引《義雲章》「違」字作（163.1.2），引《古孝經》「後」字作（179.8.3）、《古尚書》「後」字作（179.8.4），然爲數不多。
諷	（220.6.1）《汗簡》引林罕《集字》	言	糸	《四聲韻》所錄（220.6.2）形同，所从「言」旁訛爲古文「糸」形；同類情況尚見《汗簡》引王庶子碑「試」字作（227.6.1），《四聲韻》作（227.6.2）。
差	（467.2.1）《韻海》	彡	糸	《汗簡》引朱育《集字》「差」字作（467.7.4），下从《說文》古文「工」（468.3.1），「彡」形分離後，筆畫延伸、黏合，作如「糸」形。
序	（926.3.3）《四聲韻》引華岳碑	予	言	李春桃指出此形實爲「抒」字，通假爲「序」。〔註 64〕其「予」旁寫法與《汗簡》引王庶子碑「言」字作（217.2.4）近同。
謙	（232.4.2）《韻海》	甘	旨	《韻海》另形作（229.5.2），右半形體與《四聲韻》引《古老子》「兼」字作（692.6.2）近似，徐在國指出爲「甘」字。〔註 65〕「甘」字古音屬見紐談部，「謙」字古音屬溪紐談部，「甘」可爲「謙」字聲符。《韻海》形右半作如「旨」，「旨」字古音屬章紐脂部，與「謙」字聲韻畢異，無法作爲「謙」字聲符。此「旨」應是「甘」之訛形。

〔註 64〕李春桃：《傳抄古文綜合研究》，頁 510。

〔註 65〕徐在國：〈試說《說文》「籃」字古文〉，中國古文字研究會、華南師範大學文學院編：《古文字研究》第 26 輯，頁 497。

泥	（1093.4.3）《四聲韻》引《古尚書》	尼	尺	《汗簡》引《古尚書》作（1093.4.2），从土、尼聲。《四聲韻》引作，「尼」旁下部「匕」形僅作一長斜撇，應有筆畫脫誤，作與《汗簡》「尺」字（844.3.2）近同。
泥	（1093.5.3）《四聲韻》引《古尚書》	尼	瓜	上部「尼」旁訛與《汗簡》「瓜」字（707.6.1）近同。《韻海》（1093.6.2）同誤。
甃	（1280.4.2）《四聲韻》引《銀床頌》	瓦	耳	此字《汗簡》作（1280.4.1），所从「瓦」旁同於獨體「瓦」字（1278.7.1）。《四聲韻》之「瓦」旁與《石經》「耳」字作（1186.7.1）形同，爲傳抄古文「耳」之慣見形體。（參下編091）
輝	（1009.2.2）《韻海》	軍	僉	《汗簡》引王庶子碑「軍」字作（1432.1.2），李家浩謂偏將軍虎節與之形同。[註66] 上部「人」形應爲聲符「勻」之訛省（參下編074）。《汗簡》引王庶子碑另形作（1432.2.1），「人」形訛爲「宀」形。《汗簡》引李商隱《字略》「輝」字作（1008.8.3），所从「軍」旁又再寫訛，《韻海》「軍」旁更寫脫一筆，與《四聲韻》引王庶子碑「劍」字古文作（435.5.3）形同。（此字假「僉」爲「劍」，參下編064）
處	（1418.7.3）《四聲韻》引《古老子》	夊	爪	《汗簡》引《古孝經》「処」字作（1418.7.1），同於《說文》篆文。《說文》以「処」爲正文，「處」爲重文，釋此形爲从几、从夊。[註67]《四聲韻》「夊」旁訛變，與《四聲韻》引《古老子》「爪」字作（279.4.2）同形。

[註66] 李家浩：〈貴將軍虎節與辟大夫虎節〉，《中國歷史博物館館刊》1993年第2期，頁50。

[註67] 〔漢〕許慎撰，〔宋〕徐鉉等校定：《說文解字》十五卷，第14篇上，頁5。

芥	𠆦 （65.2.1） 《汗簡》引 《義雲章》	介	川	同一形體《四聲韻》錄作[古文字形]（65.2.2），《汗簡》「介」旁寫脫一筆，當以《四聲韻》之形爲是。[古文字形]「介」旁筆畫缺誤，作三道曲筆，與「川」字無別。（參下編 008）

透過上揭字表之討論，傳抄古文中的偏旁混同情況，可看出以下幾點現象：

一、同一偏旁的異寫

經由上述古文偏旁混同現象之探討，可以發現，傳抄古文的偏旁歷經各種不同程度的訛變，同一偏旁往往會有數種不同的形體。如「毛」旁可訛爲「尾」、「水」；「虫」旁可訛爲「午」、「甲」；「屯」旁可訛爲「女」、「手」、「毛」、「屮」；「丑」旁可訛爲「手」、「屮」；「卩」旁可訛爲「又」、「己」、「人」、「云」（雲）；「人」旁可訛爲「卜」、「匕」、「勿」；「夂」旁可訛爲「弓」、「欠」等，由這些例證可見，諸偏旁間由於形體本即近似，或經由一、兩道筆畫的增減，或是筆勢曲直的變化，或是書寫方向的變異，或筆畫的黏斷等簡單的變化，即可出現種種的形體混同，其演變遞嬗之跡多有脈絡可循。

二、不同偏旁的同形

相對於同一偏旁的轉寫多形，傳抄古文中亦可見數個不同的偏旁，各自經過不同程度的訛變後，呈現多形混同的情況。如「毛」、「兆」兩個偏旁原本形體各異，「毛」旁經由筆畫的分裂與書寫方向的改變，「兆」旁經由筆勢的變化，兩形遂訛混爲同一[古文字形]形；「彳」、「彡」、「言」等偏旁皆可訛變爲近似古文「糸」[古文字形]之形體，「彳」、「彡」本皆作三道斜筆，因筆畫誤合而訛如「糸」形，致訛原因較爲單純，「言」旁在傳抄古文中形體訛變較爲激烈，當由《說文》「言」字古文[古文字形]，逐步訛寫爲近似古文「糸」[古文字形]之形體；「甘」、「肉」、「日」等偏旁訛變皆可訛爲「目」形，其中「甘」、「肉」訛寫爲「目」導因於筆畫的誤合，而「日」、「目」之形近訛混在出土古文字中已多見，或是古文所據材料本即如此；「目」、「山」、「甘」等偏旁皆可訛寫爲「白」形[古文字形]，「目」旁因筆畫的分裂致訛，「山」旁則因筆畫的累增致訛，「甘」旁因書寫筆勢的變異致訛，各自經過不同的轉寫訛變後，造成偏旁交互混同的情況。

在傳抄古文體系中，由於存在此類相同形體代表不同偏旁的情況，因此在研究或運用古文時，務須仔細甄別，不能因形體相同就將之視爲同一偏旁。

三、形體混同的交互影響

數個訛混的偏旁，往往出現彼此交互影響的情況，而產生較爲複雜的多方混同現象。如《四聲韻》引林罕《集字》「食」字作（507.5.1），「人」旁作如「勿」形，李春桃即指出，「人」與「勿」之訛混較爲奇特，因而引王丹之說認爲是因「刀」、「人」常見訛混，而古文中「刀」、「勿」亦常訛混，故「人」旁受「刀」旁類化而作「勿」。〔註68〕依李春桃之說，則「人」並非直皆與「勿」互作，而是受「刀」、「勿」訛混之影響，正可展現數個訛混偏旁間的交互作用。

《四聲韻》引《古老子》「召」字作（113.3.2），此形與石經古文「向」字作（710.6.1）同形。字上部作「宀」形應爲「刀」旁訛體，然出土文字中難以找到「刀」旁訛爲「宀」的例證，應是傳抄古文形體嚴重訛變所致。古文字中「人」、「刀」兩旁常因形近而訛混，《汗簡》引王庶子碑「軍」字或作（1432.2.2）、或作（1432.2.2），上部之「人」形爲「勻省聲」，即由「人」形訛爲「宀」形。此例亦可見「人」、「刀」兩偏旁形體訛變的相互影響。（參下編 015、074）。

其他如「屯」、「丑」兩偏旁常見混同，故此兩偏旁亦皆見同訛爲「屮」、「手」之情況。

四、傳抄古文的特殊混同現象

傳抄古文的偏旁混同，有些可與出土文字互證，如「日」與「目」、「目」與「肉」、「手」與「毛」、「屯」與「毛」等，在一定程度上忠實地反映古文字的構形演變現象。但有部分偏旁的混同現象較不合理，於出土文字中無例可徵，僅可能出現在傳抄古文系統中。如「目」旁本當作，由於傳抄古文書寫較爲特異，發生較爲嚴重的訛變，上部筆畫分離，中間易點爲橫作，

〔註68〕李春桃：《傳抄古文綜合研究》，頁 132。

成爲傳抄古文慣見的偏旁寫法。這種寫法的「目」與《說文》以爲「省自」的「自」字異體篆文作近同，古文字中「目」、「自」形訛之例多見，作如「白」形的「目」或源於此。然而出土文字中的「目」、「自」訛混，主要表現在形體外部框廓的變化，如楚簡「冒」字作（郭店・窮 3）、（郭店・唐 26），「親」字作（上一・緇 10）、（郭店・老甲 5），這種形體的變化多出自常見的「目」字寫法（上一・緇 10）。而與楚簡「目」字作（郭店・唐 6）、齊陶文「親」字（陶彙 3.917）之「目」旁，三體石經「睦」字、「眾」字所从之「目」旁近同，馮勝君指出此形具有齊系文字特點。〔註 69〕當源自齊系文字材料，這種「目」旁與「自」旁較少出現訛混現象，且出土文字中這種「目」旁也未見作如者。故筆者認爲，傳抄古文中「目」旁作應是導因於字形本身的形體訛變，與古文字「目」、「自」訛混之例無關。

「叀」旁與「車」旁在正常情況下應不具有形近訛混之條件，「惠」字（385.2.4）所从「叀」旁自體類化是較爲合理的訛變，在傳抄古文中出現與「車」旁的混同現象，關鍵在於「車」字出現了（1427.2.1）這種特異的寫法，此形於出土文字無徵，應是將「車」形直書、橫書疊合而成。因傳抄古文「車」字的特殊字形，造成較爲罕見的偏旁混同現象，可視爲傳抄古文別於出土文字的構形特色。

此外如「兆」訛同「尾」形，「車」、「牙」訛同「卓」形，「言」訛同「糸」形，「米」訛同「光」形，「夊」訛同「爪」形，「軍」訛同「僉」形，「予」訛同「言」形等，皆因傳抄古文文字訛變嚴重所致，在出土文字中肯定是找不到相應例證的。

傳抄古文的偏旁混同現象遠較出土文字更顯複雜多變，然而，更值得注意的是，因偏旁混同後若再加以人爲的改寫，往往使其形體誤上加誤，造成更多辨識上的疑難。如《韻海》錄「祭」字古文作（11.6.1），左半「目」形應爲「肉」旁訛體，「肉」旁若下部筆畫黏合即與「目」形相似。「肉」訛混爲

〔註 69〕馮勝君：《郭店簡與上博簡對比研究》，頁 181。

「目」後，再被改寫爲傳抄古文中常見的「目」旁[古文字形]，此類現象應是刻意的人爲改造，殊不可信。

第四節　傳抄古文同形字釋例

除前節所論偏旁混同之情形外，傳抄古文系統中亦存在因形體訛誤而導致「異字同形」之現象。龍宇純謂：「凡同一字形，若其具有兩個或多個互不相涉之讀音或意義，即其所表爲不同之語言，則無論爲始造如此，或由訛變而然，皆爲異字」。〔註 70〕這種文字音義無關而字形相同者，即是所謂「同形字」，於出土古文字中屢見不鮮。由於「傳抄古文」本身的特殊性質，使其字頭與所收錄之古文存在諸如訛變、誤置、假借、異體等多樣且複雜的關係，如《韻海》錄「凭」字古文[古文字形]（1418.5.3），《汗簡》錄「伏」字作[古文字形]（794.3.4），兩者形體全同，然此形實爲「凭」字，《汗簡》假「凭」爲「伏」；又如《四聲韻》引《義雲章》「榮」字古文[古文字形]（560.8.4），其形與「隸」字古文作[古文字形]（295.2.1）、[古文字形]（295.2.3）顯係同一形體，然此實因字書之誤置所致；《汗簡》引郭顯卿《字指》「气」字作[古文字形]（35.5.4），此形與《韻海》錄「氛」字作[古文字形]（35.6.1）近似，黃錫全謂典籍「氛」多訓「气」，二字應屬近義字，鄭珍、李春桃則認爲可能是楷體釋文的錯誤（參下編 004）。傳抄古文系統中的「同形字」現象，過濾掉聲近通假與義近換用、竄奪誤置等因素，仍存在若干字例，其中多數導因於形體的訛變。

須要特別說明的是，本章所論「異寫字」屬於「異體字」的一種，而「同形字」之概念恰與「異體字」相反。然而，傳抄古文中之「同形字」皆導因於形體筆畫書寫變異所致，如同前節所論因形體異寫導致偏旁訛混的情形一樣，傳抄古文中因形體異寫而造成的「同形字」亦是值得重視的問題，故將之附論於此。

〔註 70〕龍宇純：〈廣同形異字〉，《臺大文史哲學報》36 期（臺北：國立臺灣大學文學院，1988 年 12 月），頁 1～22。

一、丰與斗

《四聲韻》、《韻海》錄「介」字古文作 (91.7.2)、 (91.7.4)，此類字形實為「丰」字，字書因同音通假為「介」。「丰」《說文》以為「艸蔡也，象艸生之散亂也……讀若介」，季師旭昇指出古文字未見單獨的「丰」字，可能是戰國秦漢以後的學者由「契」字分離出來的一個偏旁，「契」字甲骨文作 (甲1170＝《合》31823)，从刀、从丰，會以刀契刻之意。學者多由「契」字逆推「丰」象契刻之形。〔註 71〕出土古文字中「丰」字斜撇及豎筆，筆道相對較為平直，如 (包山 61)、 (睡・日甲 35 反) 等，而傳抄古文所摹錄者則多所屈曲，筆勢略有不同。

「斗」字《汗簡》作 (1424.6.1)、 (1424.6.2)，《四聲韻》作 (1424.6.3)，與《說文》篆文「」近似，「斗」字作 於古文字中尚無例可徵，《說文》篆文與傳抄古文之形當出自後世轉寫致誤。

「丰」、「斗」二字音義全然無涉，然其分別經過不同的形體訛變後，上揭《韻海》「介」字 (91.7.4) 與《汗簡》「斗」字 (1424.6.1) 已幾乎同形。(參下編 010、097)

二、帀與才

石經「才」字古文作 (599.6.1)，形體與甲骨文 (菁 3.1＝《合》10405 正)、金文 (豐尊《集成》05996)、戰國文字 (包山 8) 等近似，然中豎旁筆畫方向相反，目前尚無法在古文字中找到字形完全吻合之例證。《汗簡》錄「才」字古文作 (599.6.4)，中豎旁筆畫較石經古文益長且筆勢屈曲，宋代碑刻三體陰符經錄「在」字古文作 (1361.2.4)、 (1361.3.1)，實亦「才」字，因聲近通假為「在」。三體陰符經的寫法與《四聲韻》所錄「祇」字古文作 (10.8.1) 同形，《韻海》沿錄作 (10.8.2)。黃錫全認為 (10.8.1) 可能為「師」(帀) 字通假。〔註 72〕「帀」、「才」音義無涉，因形體近似而混同。(參下編 045)

〔註 71〕季師旭昇：《說文新證》上冊，頁 353。

〔註 72〕黃錫全：《汗簡注釋》，頁 511。

三、記（己）與厽

大嚮記碑「記」字古文作 （230.7.3），其形與《汗簡》「厽」字作 （1455.5.1）完全相同。然「厽」、「記」二字音義全然無涉，碑文不可能用「厽」爲「記」，應屬「異字同形」現象。筆者疑 乃「紀」字之訛體，以同音通假爲「記」。 形中間與左側之「厶」形可能爲「幺」旁寫誤（幺、糸義近可通），右側之「厶」形則爲「己」之訛體，因「自體類化」後而訛作三個「厶」形；或將 視爲重複同形的「己」字，碑文假「己」爲「記」。（參下編 024）

四、召與向

《四聲韻》所引《古老子》「召」字古文作 （111.3.2），此形與石經古文「向」字作 （710.6.1）同形，「召」、「向」二字音義無涉， 字上部作「宀」形當是「刀」旁之訛體，因轉寫訛變後乃與石經古文「向」字同形。（參下編 015）

五、星與日

《四聲韻》所引崔希裕《纂古》「星」字古文作 （659.6.1），《集韻》、《類篇》皆謂唐武后「星」字作「〇」，與 近似。〔註 73〕此形或即採錄武周時所造新字，可視爲「星」之象形。其形與「日」字古文作 （639.1.2）、 （639.3.3）、 （639.4.2）等同形。「日」、「星」之義明顯不同，「星」字古音屬心紐耕部、「日」字屬泥紐質部，音亦不近。因傳抄古文「星」字據後世俗體改造而致與「日」字同形。（參下編 047、054）

六、虫與午

傳抄古文之「虫」字多作 （1321.7.1）、 （1321.7.3），與「午」字作 （1482.5.2）、 （1482.5.3）極近，二者之區別在於「虫」形中間豎筆略有彎曲，而「午」字則作直豎，然而時見混同，如《韻海》所錄「午」字作 （1482.7.3）即與「虫」字同形。

〔註 73〕〔宋〕丁度等編：《集韻》，頁 71；〔宋〕司馬光等編：《類篇》（北京：中華書局，1984 年 12 月），頁 237。

七、四與穴

「四」字戰國楚系文字作（先秦 277）、（郭店·老甲 9），燕系作（陶彙 4.6）、（古幣 45）等，爲《說文》古文所本。《四聲韻》引雲臺碑「四」字作（1456.5.3）訛與「穴」字同形。

八、共與癸

《四聲韻》引《說文》「共」字作（262.5.3），字形中間呈「×」形，與《汗簡》「癸」字古文作（1471.4.3）、（1471.4.4）同形。相對的，《韻海》錄「癸」字作（1471.7.3），中間筆畫略有彎曲，訛同《韻海》「共」字（262.6.2）。「癸」、「共」音義無涉，字形僅中間部分筆畫有曲、直之別，因形似而導致同形。（參下編 026）

九、廿與廾、攀

《韻海》「廿」字作（216.2.1），字作「十」形左右並列，橫筆相連，豎筆下部不相連，這種寫法的「廿」字出土文字尚無可徵，應與「卅」字篆文作「」、《汗簡》作（216.4.1）下部寫法有關。（216.2.1）之寫法與《韻海》所錄「供」字古文作（778.6.3）完全同形，（778.6.3）當是「廾」字，以聲近通假爲「供」。「廿」、「廾」音義無涉，《韻海》中因形近而誤爲同形；碧落碑「攀」字作（262.2.1），《說文》以「」爲正文，「攀」爲或體，許慎謂：「引也。从反廾」，兩手形向外以示攀引之形。〔註 74〕《韻海》錄作（262.2.4），兩「又」形筆畫拉直後又誤合，與《韻海》「廿」、「供」（假「廾」爲「供」）皆完全同形。（參下編 020）

十、月與巴

《韻海》「月」字作（661.4.3）與「巴」字篆文「」同形，此形當由石經古文（660.7.1）一類的形體寫訛，因下部曲筆益爲詰詘，中間短豎筆改爲短橫，遂訛同「巴」字篆文。

〔註 74〕〔漢〕許慎撰，〔宋〕徐鉉等校定：《說文解字》十五卷，第 3 篇上，頁 8。

十一、雲與川

《四聲韻》引雲臺碑「雲」字作 （1154.5.3），《韻海》錄作 （1154.5.4）。此類形體與《汗簡》「川」字或作 （1139.5.1）同形，當係轉寫訛誤。筆者疑 乃由《四聲韻》引《古孝經》之 （1154.4.2）形筆畫分裂後，再轉變字形方向而成。（參下編 082）

十二、鳴與𠷎

《韻海》錄「禱」字古文作 （14.7.2），此形明為「鳴」字。「鳴」、「禱」音、義全然無關，徐在國已指出其為錯字，然未詳論。〔註 75〕《說文》訓為「誰也」之「𠷎」字篆文作 ，《韻海》 字當 寫訛，「口」形改置左側，餘則訛為鳥形。此形應是假「𠷎」為「禱」，因嚴重形誤而與「鳴」字同形。

十三、耳與瓦

石經「耳」字古文作 （1186.7.1），《四聲韻》引《汗簡》作 （1186.7.4）、《集上》錄作 （1186.8.1）、《韻海》作 （1186.8.2）皆同石經。此類形體與楚簡作 （郭店．五 45）、 （郭店．唐 26）等形近似，亦近秦系文字 （睡．日乙 255）與篆文「 」。然《汗簡》作 （1186.7.2）、 （1186.6.3）兩形，黃錫全已指出其寫脫一畫，當以《四聲韻》引作 者為是。〔註 76〕 亦可能據篆文「 」訛成，耳朵外框曲筆略為拉直，中間易橫為點即可訛如 形。《汗簡》「耳」字寫法，與同書「瓦」字作 （1278.7.1）、 （1278.7.2）幾乎無別。

十四、玄與申

《說文》「玄」字古文作 （385.7.1）形體與齊系文字 （邾公牼鐘《集成》00149）近似，來源有據。然此古文形體與《說文》「申」字古文作 （1483.7.1）無別，段玉裁乃據「陳」字古文與「虹」字籀文偏旁，改「申」

〔註 75〕徐在國：《傳抄古文字編》（北京：線裝書局，2006 年 10 月），前言。

〔註 76〕黃錫全：《汗簡注釋》，頁 410。

字古文爲㠯。〔註 77〕段氏所改之形與戰國燕系文字作㠯（璽彙 0876）近似，形體有所本，且可解決《說文》古文異字同形之體例問題。然㠯形亦與楚簡「申」字作㠯（郭店・忠 6）近似，未必無據，同時楚簡「申」字㠯與齊系「玄」字㠯亦幾乎同形，可見兩字同形並非《說文》之誤，故筆者認爲《說文》古文無須改形，而㠯既見《說文》古、籀偏旁，或可考慮將之補列於「申」字下即可。

十五、喦與品

《汗簡》引裴光遠《集綴》「聶」字古文作㗊（1191.5.1），字从三「口」，與《汗簡》「品」字作㗊（206.5.1）無別。黃錫全已指出此爲「喦」字，通假爲「聶」，《說文》:「喦，从品相連。《春秋傳》曰『次於喦北』，讀與聶同」，可證。〔註 79〕《韻海》錄有㗊（1191.5.4）、㗊（191.5.3）兩形，㗊同「喦」字篆文「喦」，形體正確，由㗊而㗊而㗊，筆畫訛省之跡甚明。《韻海》㗊亦與戰國齊系文字作㗊（璽彙 3847）同形。

十六、差與君

《四聲韻》引王存乂《切韻》「差」字作㠯（467.8.4），與《說文》「君」字古文㠯（108.6.1）同形。「君」作㠯，上部訛同「廾」形，其訛變軌跡較可掌握，「君」上部本从「尹」，如秦文字作㠯（石鼓・田車），後「尹」旁訛變作兩「又」形黏合，如戰國楚系文字作㠯（包山 65）、齊系作㠯（璽彙 0327），其後再裂變爲「廾」形；「差」字作㠯（467.8.4），則與古文字差別較大，鄭珍已注意到傳抄古文「差」、「君」二字有同形現象，並舉石經「差」字㠯（467.7.2）討論其訛變情況，認爲其上部可能由篆文「差」字上部㠯形訛省。〔註 79〕西周金文「差」字作㠯（官差父簋《集成》04032），字从ナ、从木，季師旭昇以爲可能會揀擇之意，本義可能是「選擇」，因物必有參差才

〔註 77〕〔清〕段玉裁：《說文解字注》，頁 746。

〔註 79〕黃錫全：《汗簡注釋》，頁 127。

〔註 79〕〔清〕鄭珍：《汗簡箋正》，卷 1，頁 17。

需要揀擇，故引申有參差、差錯等義。〔註 80〕戰國文字上部訛與「來」、「李」近似，如楚簡作[古文字形]（郭店・老甲 6）。戰國文字有個別書寫較特別的「差」字，如[古文字形]（曾 7）上部寫法較簡率，若[古文字形]字上部構件調動位置，將上部[古文字形]形與左下「又」旁左右並列，即可能訛如石經[古文字形]形上部的寫法，然出土所見「差」字無法找到類似偏旁錯位之例。[古文字形]再訛爲與「君」同形的[古文字形]，僅是偏旁書寫方向的轉變。李春桃指出石經「差」字[古文字形]屬於偶然的訛變，正常的「差」字不會如此書寫，但《汗簡》、《四聲韻》中从「差」之字，多見此形爲偏旁者，刻意改寫的痕跡比較明顯。〔註 81〕

第五節　傳抄古文形體訛變現象探析

杜忠誥《說文篆文訛形研究》提及：「不管是抄寫者個人學養不足之無心疏誤，或因傳抄者主觀見解的有意竄改。乃至原寫本字跡不清，辨識困難，由於誤解筆畫而致誤抄等，在在都有可能讓原本字形失眞走樣」〔註 82〕。東漢通行隸書，小篆相對於漢隸已算是「古文」了，而《說文》自成書後迄宋代雕版印刷普及前，其流傳皆有賴於傳抄，故杜忠誥所論篆文訛變之情形，用以稱述傳抄古文亦若合符節。傳抄古文比起《說文》篆文，來源更爲複雜多元，形體更爲奇詭難辨，故在流傳過程中更容易產生筆畫或結構的變異。以「共」字爲例，《說文》古文作[古文字形]（262.5.1），《四聲韻》引《古老子》作[古文字形]（262.5.2），字形上下筆畫黏合，看似獨體字。《韻海》「共」字作[古文字形]（262.6.2），字形上下黏合後，又因刻意對稱，將「廾」形向上之曲筆改爲向下。《四聲韻》引《說文》[古文字形]（262.5.3），字形中間曲筆拉直呈「×」形，與《汗簡》「癸」字古文作[古文字形]（1471.4.3）、[古文字形]（1471.4.4）同形。由上例可見，在古文轉抄的過程中，每經轉錄一次，即可能再發生不同的形體錯訛，經過層層的訛變，最終與他字混同；或有形體嚴重訛誤，難以理解其演變軌跡者，如「君」字石經古文作[古文字形]

〔註 80〕季師旭昇：《說文新證》上冊，頁 374、375。

〔註 81〕李春桃：《傳抄古文綜合研究》，頁 96。

〔註 82〕杜忠誥：《說文篆文訛形研究》（臺北：國立臺灣師範大學國文研究所博士論文，2001 年 6 月），頁 28。

（108.7.3），可與戰國楚系文字作（包山 65）、晉系作（中山王嚳壺《集成》09735）、齊系作（璽彙 0327）、燕系作（璽彙 4843）等形合證，《汗簡》引孫強《集字》作（109.1.1），當據訛變，兩「又」形之撇筆分離後分別與圈形部件黏合，其訛變軌跡尚可辨識，而《汗簡》引孔子題季札墓文作（108.8.3）形體怪異，可能是由再進一步訛變，然其演變過程則難以推論。

透過對傳抄古文形體的考釋，筆者將其訛變現象歸納、舉例論述於後：

一、筆畫的黏合與分裂

形體中的若干筆畫錯誤的黏合或斷裂，有時造成較爲奇詭難辨的形體，甚至訛爲另一個偏旁。何琳儀指出若文字筆畫位置靠近或有對應之處，就有可能連接成一筆，這種現象在戰國文字中甚是普遍，稍不注意即可能產生誤解。〔註 83〕

《說文》「伊」字古文作（774.3.1），从古文死、从人。其他傳抄古文中，「人」旁經常改置於「歺」旁下，如（774.3.2）、（774.5.1）等形。《隸續》錄（774.3.3）下部寫脫一筆，《韻海》（774.5.3）據進一步訛變，上部「歺」旁與右下「人」旁已略顯黏合，《四聲韻》引石經作（774.4.2），「歺」旁與右下「人」旁完全融爲一體，失其初形，錯訛益甚。

《汗簡》引《義雲章》「洩」字古文作（1126.5.1），此形當是假「泄」爲「洩」，《四聲韻》引作（1126.5.2），《韻海》作（1126.5.3），此二形所从「世」旁皆因筆畫黏合而形成較爲特殊的寫法。

《四聲韻》引《古老子》「禁」字作（18.2.1），引《古孝經》作（18.2.2），此形與楚簡（上六・季桓 17）字近似。字何有祖引《四聲韻》字形，將之釋爲「禁」，取其「牽制」、「約束」義。〔註 84〕陳劍則引徐在國、黃德寬之說，

〔註 83〕何琳儀：《戰國文字通論（訂補）》，頁 242。

〔註 84〕何有祖：〈讀《上博六》札記三則〉，武漢大學「簡帛研究中心網站」，2007 年 07

進一步指出 實爲「𡍮」字，以音近假借爲「禁」，又舉（𡉻）字有作形之例，與此處所討論「𡍮」字的變化正相平行。〔註85〕由（18.2.1）、（18.2.2）兩形對比可見其「爪」旁下部筆畫黏合呈「厶」形，訛變頗爲嚴重；《四聲韻》引《古孝經》「箸」字作（449.4.2），當假「者」爲「箸」，「者」字下部本作如兩「人」形，如《汗簡》「箸」字（449.4.1），兩「人」形下方筆畫密合作兩圈形，《韻海》錄作（449.4.4）亦同誤；《韻海》「昔」字作（647.8.4），上部作兩「幺」形，出土古文字中「昔」字未見上部如此作者，傳抄古文中僅此一例，後世字書中亦無此種異體，應是之訛形，因形體訛變過甚乃至誤爲另一偏旁。推測此形概因上部四「︿」形筆畫下方往中間靠近，而導致形體逐漸誤合。上述形體訛變諸例應可視爲同類現象，形體下部本當分開，因筆畫誤合而至與其他形體混同。

《汗簡》引華岳碑「仰」字作（782.4.4），此實「卬」字，碑文以「卬」爲「仰」。《四聲韻》引錄作（782.5.3），上下偏旁位置較《汗簡》之形靠近，《韻海》作（782.8.4），「卩」旁下方之斜筆與其下部構件誤合，形似「个」旁。

《四聲韻》引《古老子》「悶」字作（1062.5.1），上部「門」旁筆畫黏合，作如「貝」形。〔註86〕《韻海》作（1062.5.3），形體相對正確。

《集上》引雲臺碑「呂」字古文（726.7.3），作兩「口」形上下相對，同一形體《四聲韻》作（726.6.4），上部「口」形筆畫黏合，作如「白」形。

《汗簡》錄《說文》「蜃」字古文（1325.6.3），張富海認爲从「辰」聲，並引相關典籍通假例證，其說可信。〔註87〕同一形體《四聲韻》錄作

月17日。http://www.bsm.org.cn/show_article.php?id=633。

〔註85〕陳劍：〈《上博六・孔子見季桓子》重編新釋〉，復旦大學「出土文獻與古文字研究中心網站」，2008年03月22日。http://www.gwz.fudan.edu.cn/SrcShow.asp?Src_ID=383。

〔註86〕李春桃：《傳抄古文綜合研究》，頁125。

〔註87〕張富海：《漢人所謂古文之研究》，頁166。

（1325.6.4）右半「虫」旁與「土」旁黏合後，遂訛如「坌」形。

筆畫分裂致訛之例在傳抄古文中亦頗慣見，如石經「伯」字古文作（773.3.1），當假「白」為「伯」，石經古文與戰國文字作（十鐘）、（曾46）、（包山 219）、（貨系 3819）等寫法差別不大，與小篆作「」亦極相似。《隸續》作（773.5.2），上部筆畫分離，強似「口」形。

《韻海》「白」字作（765.2.2），這種寫法當是《說文》「白」字古文（764.7.1）之訛體，於偏旁中亦多見，如《四聲韻》引《籀韻》「怕」字作（1052.7.2）、（1052.7.3），《韻海》作（1052.8.1）。外部「勹」形下筆分開呈近似「宀」形之寫法，亦見其他偏旁，如《說文》「旬」字古文作（902.5.1），《汗簡》引石經作（902.5.2），《汗簡》「包」字作（903.4.3），引華岳碑字作（903.4.4「孢」字偏旁）。

「宀」旁作（708.6.1），以左右兩長曲筆構成一個向下覆蓋的形體，傳抄古文中此兩筆時見分離，如《四聲韻》引《汗簡》「富」字作（714.7.2），又作（714.7.3），《四聲韻》引華岳碑「守」字作（718.5.2），《集上》作（715.6.3），《汗簡》引《義雲章》「寒」字作（722.4.1），《韻海》作（722.5.2），「宀」字本象屋宇之形，上部筆畫不密接者較不切合造字本義，出土文字中的「宀」旁上部分離者亦較罕見。此外如「网」、「雨」等偏旁，亦可見與「宀」旁同類的變化，如《汗簡》「网」字作（748.4.4）、《集上》作（748.7.4），《四聲韻》引雲臺碑「置」字作（752.5.3）；《汗簡》引《古爾雅》「霍」字作（359.6.1）、《韻海》作（359.6.3）等。

《說文》「簠」字古文作（450.7.1），《汗簡》引作（450.7.2），所从「夫」旁筆畫斷裂；碧落碑「笈」字作（456.3.1），《汗簡》引錄作（456.3.2）、（456.3.3），均不誤，《韻海》作（456.4.1），中豎上部筆畫斷裂；《說文》「緦」字古文作（1313.4.1），从糸、囟聲，《四聲韻》引王存乂《切韻》作（1313.4.2），上部「囪」旁不合口，作如「凶」形，下部「糸」旁亦分離；《韻海》「幻」字作（387.7.1）、（387.6.4），後一形曲筆斷裂形似「勹」形；《隸續》錄石經古文作（1262.6.1），與秦系文字作（詛楚文）極似，而傳抄古文「也」字下部曲筆時見斷裂，如（1262.6.4）、（1262.8.1）等。

《汗簡》引《義雲章》「免」字作（800.2.2），《四聲韻》引《古老子》作（800.3.1）應據形體裂變，左半訛似从「糸」旁，另形作（800.3.3）右半筆畫黏合爲一曲筆。《韻海》作（800.4.4）右半訛爲「又」形，全字看似从「糸」、从「又」，形體錯謬甚劇。

《汗簡》「夕」字作（667.2.1），《韻海》錄作（667.2.3），因筆畫裂解訛與《汗簡》「儿」字作（853.3.1）同形，出土文字中的「夕」字未見此種寫法。

二、筆畫的收縮與延伸

何琳儀謂收縮筆畫是對原有文字的橫筆、豎筆、曲筆予以收縮。〔註 88〕傳抄古文中此類現象亦極普遍，如《汗簡》「巾」字作（755.3.1），與《說文》小篆「」同形，《韻海》作（755.3.3）中豎縮短，未穿突過兩旁曲筆，戰國楚文字「巾」旁置於全字下部者常作形，如（包山 203「常」字）、（信 M2.15「布」字）、（信 M2.13「帛」字）等字之偏旁，中豎亦未穿突，可與《韻海》「巾」字互參。

《說文》「坐」字古文作（1362.2.1），出土文字中與此類古文形體較近者爲秦系文字（睡・秦律 82）。「坐」字上部本當从「卩」旁，《說文》从「人」，或可理解爲「義近通用」，然其形缺乏出土文字的印證。《四聲韻》引《古老子》作（1362.3.1），「人」旁筆畫縮短爲兩「︿」形，《韻海》錄作（1362.4.1）與之近似。

〔註 88〕何琳儀：《戰國文字通論（訂補）》，頁 244。

《四聲韻》引《古老子》「什」字作  （783.4.2），偏旁「人」、「十」上下疊合，《韻海》作  （783.4.3），「人」旁筆畫較《四聲韻》之形略爲縮短。

《汗簡》引《義雲章》「垣」字古文作  （1358.5.2），所从「亘」旁與戰國「趄」字所从「亘」旁近似，如齊系文字作  （陳侯因𬂋錞《集成》04649）、晉系作  （中山王礜壺《集成》09735）等形。《四聲韻》引王存乂《切韻》作  （1358.5.4），「亘」旁上下兩端未見蜷曲，筆畫略有縮減。此類寫法與若干楚簡偏旁寫法近似，如「趄」字作  （郭店・窮 6）、  （望 M1.109）等形。

《說文》「線」字古文作  （1306.6.1），可析爲从「糸」、「泉」聲，《韻海》錄作  （1306.7.3），「泉」旁上部「宀」形筆畫縮短。

碧落碑「紘」字作  （1304.4.1），可析爲从「糸」、「弘」聲，《韻海》錄作  （1304.5.1），疑因偏旁位置錯位，導致「弓」旁筆畫大幅縮短。

筆畫的延伸則指把文字的圓點、豎筆、斜筆以及弧筆有意識的延長和擴展。〔註 89〕如《四聲韻》「貧」字古文作 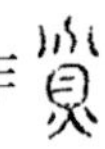 （623.1.3），可析爲从「貝」、「分」聲，《韻海》錄作  （623.2.2），「貝」旁左右外側兩短撇引長。

石經「馬」字古文作  （963.1.3），其形體與金文  （彔伯㦰簋蓋《集成》04302）、戰國楚系作  （鄂君啓舟節《集成》12113），晉系作  （侯馬）較爲近似。石經另作  （963.1.4），頭部筆畫較圓，且象馬鬃之三斜筆與頭部分離，形同《說文》古文  （963.1.1）。《汗簡》錄作  （963.2.1）、  （963.2.2），馬鬃斜筆延伸至與身體部分等長。三短撇延伸至與其他部件等長之情形亦見於「吝」字，《說文》古文作  （120.7.1），《韻海》則作  （120.7.4）；「工」旁亦見類似變化，《汗簡》引朱育《集字》「差」字作  （467.7.4），下从《說文》古文「工」  （468.3.1），其「彡」形與「工」形

〔註 89〕何琳儀：《戰國文字通論（訂補）》，頁 243。

分離，《韻海》「瘥」字古文作（739.4.2），假「差」爲「瘥」，其「彡」形延伸至與左半「差」旁等高。

《汗簡》「卵」字古文作（1352.4.1），與戰國楚簡文字作（上二・子 11），秦簡作（睡・日乙 185），西漢文字作（一號墓墓牌）等形類似。《四聲韻》引錄《汗簡》此形作（1352.4.3），兩小短橫延長且略爲下垂，與《韻海》「北」字作（812.6.3）極爲肖似。

《汗簡》「方」字作（852.4.1），《四聲韻》引雲臺碑作（852.5.3），左下短撇分離，並延伸與右曲筆等長，出土文字未見此種寫法的「方」字。

《韻海》「半」字作（95.7.3），另作（95.7.4）「八」旁延長包夾「牛」旁，形成較爲特殊的寫法。

三、筆畫的平直與扭曲

將彎曲的筆畫取直，或將原來平直的筆畫彎曲，都是傳抄古文中常見的變化。《汗簡》「舟」字作（846.8.1），近於《說文》小篆「」，惟形體書寫方向略異，《韻海》作（847.1.2），筆畫改曲爲直。

《汗簡》「癸」字作（1471.4.3），《韻海》作（1471.7.2），「×」形上的筆畫曲直互作，兩種形體皆可與出土文字合證。與周金文（仲辛父簋《集成》04114）、（此簋《集成》04303）、戰國秦陶文（陶彙 5.384）等形近似；則近於商金文（癸𣪘卣《集成》04839）、戰國齊系文字（陳侯因𬯀錞《集成》04649）。

碧落碑「攀」字作（262.2.1），《說文》以「」爲正文，「攀」爲或體，許愼謂：「引也。从反廾」。〔註 90〕「」字兩手形向外以示攀引之形。《韻海》錄作（262.2.4），兩「又」形筆畫拉直後又誤合，與《韻海》「廿」字作（216.2.1），「供」（假「廾」爲「供」）字作（778.6.3）同形。

後世通行的隸楷文字，相較於前代古文字筆畫多較平直，筆畫的刻意扭曲往往可使形體看似更爲奇奧，更像「古文」，故傳抄古文中這類現象比起筆

〔註 90〕〔漢〕許愼撰，〔宋〕徐鉉等校定：《說文解字》十五卷，第 3 篇上，頁 8。

畫易曲為直者更形普遍。《四聲韻》引《古老子》「訞」字古文作（246.8.1），《韻海》錄作（246.8.2），此形當為「夭」字，「訞」从「夭」聲，字書假「夭」為「訞」。「夭」字（「走」字初文）古作（甲 2810＝《合》27939），象人跑步時兩臂擺動之形，當據一類形體寫訛，筆畫詰詘、扭轉較為劇烈。

《隸續》引石經「公」字古文作（93.4.2），與三體石經作（93.3.1）形近，惟下部圈形中省略一點。《韻海》作（93.7.1），斜筆過度引長且筆畫詰詘，與古文字中慣見之「公」字不同，與《六書通》所錄璽印文字作（公孟之印）較為近似。璽印文字筆畫簡單者，便把筆道故為盤屈稱之為「屈滿」。其目的是用以勻稱筆畫分布空間，是一種為求印面美觀而作的藝術變化。〔註 91〕

《四聲韻》引《古老子》「和」字作（112.1.1），又引《古孝經》作（112.1.3），「禾」旁下部左右兩斜筆與中豎分離，且筆畫益為詰詘；《汗簡》「去」字作（498.8.2），《四聲韻》引《古老子》作（498.8.4），下部「凵」形作連續彎折；《汗簡》「久」字作（550.6.2），《四聲韻》引作（550.7.4）《集上》引作（551.1.2），《韻海》作（551.1.4），後三形皆可見筆畫刻意扭曲。

李家浩謂楚布幣「比」字作（貨系 4179），於「匕」形上各加一短橫飾筆，《汗簡》引裴光遠《集綴》作（811.6.3）與楚布幣字近似，惟方向相反。〔註 92〕《汗簡》引裴光遠《集綴》另有（811.6.4），與方向相反且飾筆改直為曲，這種寫法與戰國晉系璽印作（璽彙 3057）近似，來源有據。

古文字所見「口」旁多作較方正之「」形，傳抄古文有作四道曲弧者，構形較為特殊，如《四聲韻》引雲臺碑「固」字作（615.1.3）、《韻海》作（615.2.4），「口」旁扭曲愈甚；《四聲韻》引雲臺碑「圃」字作（613.8.1），

〔註 91〕佐野榮輝等編：《漢印文字匯編》，頁 818。

〔註 92〕李家浩：〈戰國貨幣文字中的㒩和比〉，《中國語文》1980 年第 5 期，頁 374。

《韻海》作（613.8.2），此類寫法可能源自雲臺碑。

四、筆畫的寫脫與誤增

筆畫增減往往也是造成形體錯訛的重要因素，傳抄古文中或因原據材料的漫漶不清，或因對文字構形的錯誤理解，或因轉錄過程中的一時失檢，時有筆畫缺漏寫脫之情形。

碧落碑的「播」字作（1216.3.2），上部「釆」形中有四個小點，若摹拓不清即可能將之誤除，《四聲韻》錄作（1216.4.3），即是誤除了四個小點。

《集上》引雲臺碑「呂」字古文（726.7.3），《韻海》作（726.7.4）下部「口」形寫脫一筆。

《說文》「坐」字古文作（1362.2.1），《韻海》作（1362.3.4），左右兩「人」旁皆寫脫一筆，作與傳抄古文「宀」旁之寫法近似。

《汗簡》引石經古文「發」字作（1285.6.1），上部从「癶」，《韻海》錄作（1285.8.2）尚不誤，（1285.8.3）則上部「癶」旁左右各寫脫一筆。

《韻海》錄「承」字古文作（1203.6.4），形體與戰國晉系文字作（令狐君嗣子壺《集成》09720）、楚系文字作（包山 209）相同，來源有據。《韻海》另錄（1203.6.3），所从「卪」旁寫脫一筆。

碧落碑「紘」字作（1304.4.1），《四聲韻》引《義雲章》作（1304.4.3）「弓」旁橫筆寫脫。

形體筆畫誤增之例相對較少，如《四聲韻》「凭」作（1418.5.1），形體結構同於《說文》「凭」字小篆，僅是「几」、「壬」之位置上下對措所造成之異體。《韻海》（1418.5.2）左半「人」形上似增「卜」形，訛變較爲嚴重，推測應是在形左斜筆上誤增一短橫，形體再行分離而成；《集上》引《雜古文》「憺」字作（1052.6.1），此字假「惔」爲「憺」，《四聲韻》引《古老子》「惔」字作（1064.6.1），兩形比對，即知豎心旁形誤增一橫筆，而與「虫」形混同。

五、連筆書寫

連筆可加快書寫速度，傳抄古文中偶見此類現象，如《韻海》「叔」字作（777.6.1），其「又」旁即見連筆書寫，《四聲韻》引《古老子》「缺」字作（525.6.3），其右半「夬」旁所从之「又」亦爲連筆。

《韻海》「上」字作（5.1.1），當據《韻海》另一形體（4.8.3）訛寫，其中豎末端直接右彎爲下橫。

《四聲韻》引《古孝經》「兄」字作（854.6.2），上部「口」旁與下部「人」旁之左側以一筆連寫。

有時連筆書寫會造成形體訛變，《說文》「鼎」字籀文作（616.3.1），《汗簡》作（616.3.2），「鼎」旁下部象鼎足之兩豎筆與豎筆旁上揚的斜筆以一筆連書，造成鼎足與鼎體部件的斷裂，《四聲韻》引《汗簡》作（616.4.1），下部更進一步訛如「北」形，與《韻海》「北」字作（812.6.3）肖似。

六、筆畫的刻意對稱與自體類化

《汗簡》引《古尚書》「灼」字作（1005.7.1），《四聲韻》錄作（1005.7.2），同類形體《韻海》作（1005.7.3）。透過形體比對，明顯可見「卓」旁上部「匕」形因求左右對稱而訛爲「宀」形。

《汗簡》引《義雲章》「免」字作（800.2.2），《四聲韻》引《汗簡》作（800.2.4），下部「儿」形刻意左右對稱。

《汗簡》引裴光遠《集綴》「所」字作（1421.8.3），此形與出土所見「所」字差別甚大，黃錫全指出此乃「所」字爲求對稱而產生的訛形。〔註93〕應由石經古文（1421.7.1）、碧落碑（1421.8.1）等形逐漸寫訛，之中豎與右部兩筆當係「斤」旁訛變，「斤」字《汗簡》作（1420.6.1），傳抄過程中形體逐漸分離、拉直，如《汗簡》另作（1420.6.2），《四聲韻》引《古老子》「所」字作（1422.1.3）、（1422.1.4），愈可見「斤」旁

〔註93〕黃錫全：《汗簡注釋》，頁65。

之訛寫情況。其後，右半「戶」旁受左半「斤」旁自體類化影響，遂訛作形。同一形體《四聲韻》錄作（1422.2.3）、《集上》錄作（1422.3.3），訛變益甚。

碧落碑「晨」字作（660.2.1），此形源於楚帛書「晨」字作（帛乙）一類的形體。之形體與《汗簡》所錄碧落碑「昏」字肖似，郭忠恕當是誤將此「晨」字收錄於「昏」字下（參下編 048）。透過與碑文的比對，可見郭忠恕於摹錄字形時多有訛誤。「晨」字所从「辰」旁中間的形筆畫訛寫爲，其餘兩筆則爲求左右對稱而略爲調整其筆勢。

「類化」是古文字常見的現象，傳抄古文中亦存不乏其例，有時「類化」會造成較爲特殊的形體訛變，傳抄古文中以「自體類化」較爲明顯。劉釗謂：「所謂文字形體自身的『類化』，是指在一個文字形體中，改變一部分構形以趨同於另一部分構形的現象」。〔註 94〕

《四聲韻》引《古論語》「糾」字作（214.4.2），从「ㄐ」、从《說文》古文「糸」，而《汗簡》作（214. 4.1），「ㄐ」旁亦作如「糸」旁，當係自體類化現象，鄭珍、黃錫全已指出其誤。〔註 95〕

《汗簡》引《古尚書》「蒙」字作（65.8.3），李春桃指出此形爲「䖟」字之訛，「亡」旁上部寫法受下面兩個「虫」旁影響，作與「虫」相似，郭忠恕將此字列入「蟲」部，就是將「亡」旁上部筆畫誤當成「虫」。〔註 96〕

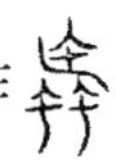

《四聲韻》引裴光遠《集綴》「聞」字作（1190.2.2），李綉玲指出此類形體可能是由古从耳、昏聲的字形，如（郭店・語四 24）、（上三・周 38）等形體自體類化而來，即左上的「氏」形，可能受右旁的「耳」形影響，也跟著訛變成「耳」形。〔註 97〕

〔註 94〕劉釗：《古文字構形學》（福州：福建人民出版社，2006 年 1 月），頁 95。

〔註 95〕〔清〕鄭珍：《汗簡箋正》，卷 1，頁 35；黃錫全：《汗簡注釋》，頁 131。

〔註 96〕李春桃：《傳抄古文綜合研究》，頁 131。

〔註 97〕李綉玲：《古文四聲韻古文探賾》，頁 288。

七、特殊美術字體

《韻海》一書多錄青銅器銘文或碑刻、古璽之形，其中亦包含形體較爲特別的「鳥蟲書」。「鳥蟲書」是指在文字構形中改造原有的筆畫使之盤旋彎曲如鳥蟲形，或者加以鳥形、蟲形等紋飾的美術字體。〔註 98〕此類美術字體出土文字中已可得見，傳抄古文摹錄時或有根據，嚴格來說並不算形體的訛變，因其形體較爲奇特，且傳抄古文所錄有時來源不明，不排除有依例變造之嫌，故附論於此節。

《韻海》中的「鳥蟲書」如「日」字作（640.1.2），此形與出土越王者旨於賜鐘的「日」字作形近，可見其轉錄自銅器銘文，來源有據。〔註 99〕「暮」字作（652.4.2），與《增廣鐘鼎篆韻》去聲暮韻下所錄、（商鐘）、（蛟篆鐘）等形近似。〔註 100〕《韻海》所錄形體當是採自宋代以來的傳抄青銅器銘文，此類形體與春秋於睗鐘銘「莫」字作近似，來源亦有據。《韻海》「命」字作（110.5.3），《六書通》錄有「命」字作，題爲「秦璽」，與《韻海》所錄當係一字，然其形體難以辨識。〔註 101〕

亦有些「鳥蟲書」形體來源不明，如「昌」字作（642.3.4）、（642.3.3），（642.3.3）與《六書通》所引《同文集》古文「昌」字輪廓近似。〔註 102〕或是的變體，於字形上飾以鳥蟲之形並加注「昜」聲；（642.3.4）則可能是據戰國齊陶文（陶彙 3.27）或楚簡（郭店・緇 30）等調動偏旁位置的「昌」字變造爲「鳥蟲書」。

除「鳥蟲書」之外，傳抄古文尚有明顯刻意變造的特殊形體，如《韻海》

〔註 98〕曹錦炎：《鳥蟲書通考》（上海：上海書畫出版社，1996 年 6 月），頁 1。

〔註 99〕〔明〕閔齊伋輯，〔清〕畢弘述篆訂：《訂正六書通》，頁 333。

〔註 100〕〔元〕楊鉤撰，〔清〕阮元輯：《宛委別藏・增廣鐘鼎篆韻》（揚州：江蘇古籍出版社，1988 年 2 月），頁 331。

〔註 101〕〔明〕閔齊伋輯，〔清〕畢弘述篆訂：《訂正六書通》，頁 313。

〔註 102〕〔明〕閔齊伋輯，〔清〕畢弘述篆訂：《訂正六書通》，頁 116。

錄「前」字古文▢（145.1.4），形體奇詭難辨，由《六書通》之載錄可知此形出自「比干銅槃」，應屬銅器銘文。〔註 103〕「比干銅槃」於宋代薛尚功《歷代鐘鼎彝器款識法帖》已見著錄，共十六字，徐剛指出此銘字形奇特，具古代道教符籙的特點，因此形體難以辨認，應該並非先秦銘刻。〔註 104〕此銘當出於後人撰作，誠如徐剛所言，字形「具古代道教符籙的特點」，便不能依正常之文字形體結構理解。筆者認爲▢字應由「前」字篆文「▢」變造而來，其形體刻意詰詘，有類於「鳥蟲書」之變化。同出於「比干銅槃」的「林」字作▢（597.8.3），與習見的「林」字形體迥異，構形已難以理解。

除上述所論訛變規律外，傳抄古文中亦有些難以理解的嚴重錯訛情形，如《四聲韻》引《古老子》「服」字作▢（848.4.1），形體與戰國秦文字作▢（睡・爲吏 35）同構，「卩」旁寫脫一筆。《四聲韻》引《古老子》同類形體凡五形，▢（848.4.1）、▢（848.4.2）形體尚可辨識，▢（848.4.3）、▢（848.4.4）、▢（848.3.4）三形，疑右半「又」旁穿突「卩」旁，其後筆畫又有誤黏、誤斷、錯位、增減等較複雜的變化，以致形成較爲特異的寫法。

石經古文▢（815.6.1），用爲晉文公名「重耳」之「重」字。此實爲「童」字，通假爲「重」。張富海指出石經古文當由金文「童」字▢（毛公鼎《集成》02841）訛變，「東」旁中的「田」形同化爲「目」，出土戰國文字中未見同石經形體者。〔註 105〕《汗簡》錄《義雲章》字作▢（815.7.2），形同石經古文。《四聲韻》錄《汗簡》▢（815.7.3）形，形體輪廓大致近似，然中間部分筆畫錯訛嚴重，難以疏通其演變軌跡。

《四聲韻》引《古老子》「祭」字古文作▢（11.4.4），《韻海》所錄▢（11.5.4）形體近同，上兩形疑由《汗簡》所錄王庶子碑▢（11.4.1）訛變而成。左半「肉」旁因筆畫斷裂而訛如「爿」形，右半則爲「示」旁寫訛。

〔註 103〕〔明〕閔齊伋輯，〔清〕畢弘述篆訂：《訂正六書通》，頁 82。

〔註 104〕徐剛：《古文源流考》（北京：北京大學出版社，2008 年 3 月），頁 196～198。

〔註 105〕張富海：《漢人所謂古文之研究》，頁 58。

《四聲韻》另引《古老子》（11.5.1）字，《古老子文字編》中另錄有「祭」字傳抄古文、等形，當皆據字再進一步訛變，因訛變過甚，字形結構已難以辨識。〔註106〕

碧落碑（774.3.4）字，唐人鄭承規釋爲「伊」，此字《汗簡》錄作（774.4.1）、《四聲韻》錄作（774.4.3），二書所摹錄之形體皆與原碑文差異頗甚。由於此字構形特殊，故歷來諸家考釋意見頗爲分歧。鄭珍云「如此形正是淑字，移水於上耳」；唐蘭釋爲「叔」；于省吾則以爲乃「緊」之訛體，右从殳，下从系，猶可得其約略，「伊」、「緊」古字通，假「緊」爲「伊」；黃錫全徵引唐蘭、于省吾、鄭珍諸說，然皆未加以評論，並於此條考釋之末云「夏韻脂韻錄此文作，右从邑，亦釋伊」，觀其文意似乎傾向釋爲「伊」；〔註107〕陳煒湛對此形存疑待考；〔註108〕江梅則亦徵引諸說，並指出《說文》「伊」字古文（774.3.1），與碑文極相似。〔註109〕

綜觀以上諸說，釋「叔」、「淑」之說可能導因於（774.4.1）、（774.4.3）之類的摹文，就拓本觀察，可知郭、夏二人之摹錄多有失眞，故釋「叔」、「淑」之說當不可從。「緊」字形體與此形差距較大，亦應多所保留。筆者認爲，此形應如江梅所論，將之視爲由《說文》古文（774.3.1）一類字形訛變而來者較妥。然江梅謂碑文與形極相似，若純就字形外觀而言，恐怕稍嫌勉強。

《四聲韻》中另引王存乂《切韻》「伊」字古文作（774.5.2），與碧落碑字極爲相似，兩者應屬同一構形，因轉寫訛變導致形體有異。《說文》「伊」字古文作，从古文「死」、从「人」，於傳抄古文字，「人」經常可置於「歺」旁下，作（774.3.2）、（774.3.3）等形。疑由、等形

〔註106〕徐在國、黃德寬：《古老子文字編》（合肥：安徽大學出版社，2007年8月），頁9。

〔註107〕黃錫全：《汗簡注釋》，頁323。

〔註108〕陳煒湛：〈碧落碑中之古文考〉，陳煒湛：《陳煒湛語言文字論集》（上海：上海古籍出版社，2005年10月），頁115。

〔註109〕江梅：《碧落碑研究》（長春：東北師範大學碩士論文，2004年5月），頁35。

訛變而來，《四聲韻》錄《古老子》「死」字古文（396.2.2），與、之形體輪廓略近，、或即从「死」（）、从人。筆者對於此字形體演變過程之推論尚存在諸多難以疏通的環節，傳抄古文形體訛變之劇烈可見一斑。

碧落碑「先」字作（857.1.3），此形於傳抄古文字書如《汗簡》、《四聲韻》、《韻海》等亦皆見引錄，如（857.2.4）、（857.4.4）、（857.6.2）、（857.6.3）等，在轉錄過程中形體頗多訛變。由於此字形體特殊，與歷來所見「先」字迥異，故研究者多半指其訛變太甚而存疑待考。〔註 110〕

甲骨文「先」字作（乙 3798＝《合》17644）、（鐵 218.1＝《合》4579）等形，字从「之」（或止）、从人，會人前進之意。金文作（揚簋《集成》04295）、（伯先父鬲《集成》00649）、（師望鼎《集成》02812）等形，戰國秦系文字作（睡・效律 25），楚系作（包山 140 反）、（包山 237）、（郭店・語一 70），晉系作（𤔲𧊒壺《集成》09734）、（𠫑羌鐘《集成》00157）。由上揭諸形可明顯看出與歷來所見「先」字形體皆有很大的落差，難於出土材料中找到可對應的文字證據。

筆者原疑此形爲「孫」字通假爲「先」，可能由戰國古璽「孫」字（璽彙 1522）或長期被古人誤釋爲「析子孫」的殷商金文圖形文字中的形訛變而來，然而在形體訛變軌跡上仍存在諸多難以疏通之處。〔註 111〕

元人楊桓《六書統》錄有古文、、三形，釋其義爲「戰敵前進也」。與「先」字「前進」之意類似，應是將之視爲古「先」字之異體。楊

〔註 110〕唐蘭對此字存疑，黃錫全《汗簡注釋》云「形不可強說」，只推測其上部「疑从二止」。江梅《碧落碑研究》徵引唐、黃兩說並未再行闡述，由其行文觀察似較傾向從黃說。見唐蘭：〈懷鉛隨錄〉，北平燕京大學《考古學社社刊》（北京：北平燕京大學考古學社，民國 25 年 12 月），頁 151。黃錫全：《汗簡注釋》，頁 427。江梅：《碧落碑研究》，頁 35。

〔註 111〕見拙作〈碧落碑文字考釋五則〉，東吳大學中國文學系、中國文字總會主編：《第二十一屆中國文字學國際學術研討會論文集》（臺北：東吳大學，2010 年 5 月），頁 354、355。

桓將其構形分析爲「一象其敵壘，从竝人也，戈戰具也。蓋持戈竝入也」。〔註112〕按傳抄古文字中此類形體多見，出土古文字中則未見構形相似之「先」字異體，且若將之視爲「竝人持戈以攻敵壘」之形，則「人」形與「戈」形之比例與相對位置亦不盡合理，楊桓釋形恐有望文生意之嫌。明人閔齊伋《六書通》「尖」字下錄有古文、、三形，注明出自《六書統》。〔註113〕其與今本《六書統》所錄爲、、三形不同，或許是所據版本不同所致。《六書通》所錄三形中，、明顯與傳抄古文「先」字同類，則實爲「𢦏」字，以聲近通假爲「尖」。「𢦏」字見於《說文・戈部》：「𢦏，絕也，一曰田器。从从持戈」。〔註114〕此字篆文本作，形爲其調動偏旁位置之後的異體，形將「从」與「戈」上下並列，「从」旁訛爲形，形於傳抄古文中常被視爲「竹」旁，故後世字書如《集韻》即將之隸定爲「笺」。

就字形角度而言，、與形頗有近似之處，若將形的「从」旁移至「戈」旁橫筆上端，即近似、形，此爲目前筆者所見文字材料中，對傳抄古文「先」字構形較爲合理的解釋。若此類形體果爲「𢦏」字訛形，那用爲「先」字便只能視作聲近之通假。然而就音理層面考量，「𢦏」字上古音屬精紐談部，「先」字屬心紐文部，聲紐雖近而韻部卻相隔甚遠，通假之音理條件不足，是否可通假尚有疑慮。《六書通》錄「先」字古文爲「尖」已是目前對於此類「先」字古文較爲明確的線索，若非由此通假，則此「先」字便只能存疑待考。

倘若「𢦏」、「先」二字無關，則《六書通》將、二形錄爲「尖」字，極有可能是誤植。楊桓《六書統》對所錄字頭下皆未作隸定，然在之釋形說明中將之依形隸定爲「」，且釋其構形爲从竝人（从）持戈，由於楊桓之隸定與釋形皆與「𢦏」字近似，可能因此導致《六書通》將之誤隸於「尖」字下。

〔註112〕〔元〕楊桓：《六書統》（臺北：臺灣商務印書館，1978年，四庫全書珍本八集據故宮博物院藏文淵閣本景印），卷3，頁35。

〔註113〕〔明〕閔齊伋輯，〔清〕畢弘述篆訂：《訂正六書通》，頁159。

〔註114〕〔漢〕許愼撰，〔宋〕徐鉉等校定《說文解字》十五卷，第12篇下，頁6。

第四章　傳抄古文異用字的類型

第二章、第三章所探討的「異構字」、「異寫字」兩種類型，由於構字方式的差異或形體的訛變，造成了諸多不同的寫法，其形體與釋文屬於「同字異形」的「異體字」關係。而傳抄古文除「異體字」外，釋文與古文形體之關係尚有聲近通假、義近換用與形體誤植等關係，在這三種情況下，「古文」與其釋文其實並非一字。傳抄古文中楷體釋文所隸之古文諸形，王丹稱之爲「重文」，李春桃稱之爲「異體」。〔註 1〕「重文」一詞易與《說文》「重文」概念混淆，且其「重文」之概念涵蓋楷體釋文與其所隸古文諸形之所有關係，包括「異體字」、「通假字」、「近義字」等類型；李春桃之「異體」，與本論文所論包括「異構字」、「異寫字」兩種類型的「異體字」概念不同，不宜使用同一術語。由於聲近通假、義近換用與形體誤植等屬於不同的用字關係，筆者將之稱爲「異用字」。

第一節　傳抄古文通假釋例

傳抄古文中同一釋文所隸形體之間比較多見的是通假關係。文字通假是戰

〔註 1〕 王丹：〈《古文四聲韻》重文間的關係試析〉，中國文字學會、河北大學漢字研究中心編：《漢字研究（第一輯）》（北京：學苑出版社，2005 年 6 月），頁 238；李春桃：《傳抄古文綜合研究》（長春：吉林大學古籍研究所博士論文，2012 年 6 月），頁 2。

國文字的一大特色，作爲戰國文字轉抄形體的傳抄古文，亦如實地反映出這種現象。傳抄古文中的通假現象王丹、李春桃、李綉玲皆已多所論述。〔註2〕本節就筆者文字考釋所及，將傳抄古文中所見通假字以表格方式論列於後。傳抄古文同一形體轉錄多次者習見使行文清晰，凡字形相同者僅舉一形爲例，並附列下編字形考釋編號，以資參照。

字例	字形與出處	說　明	古音（聲／韻）	字形考釋編號
祭	（11.6.2）《韻海》	假鄒爲祭	鄒（精／月） 祭（精／月）	003
珠	（29.7.1）《汗簡》引碧落碑	假絑爲珠	絑（章／侯） 珠（章／侯）	044
气	（35.4.3）《汗簡》引碧落碑	假仡爲气	仡（溪／物） 气（溪／物）	004
气	（35.5.2）《韻海》	假汽爲气	汽（溪／物） 气（溪／物）	004
莫	（87.3.1）《汗簡》引裴光遠《集綴》	假莀爲莫	莀（滂／錫） 莫（明／鐸）	009
介	（91.6.1）三體石經	假敎爲介	敎（泥／月） 介（見／月）	010
介	（91.7.1）《四聲韻》引《古老子》	假夰爲介	夰（見／月） 介（見／月）	010
介	（91.7.2）《四聲韻》引《汗簡》	假丯爲介	丯（見／月） 介（見／月）	010

〔註2〕王丹：〈《古文四聲韻》重文間的關係試析〉，中國文字學會、河北大學漢字研究中心編：《漢字研究（第一輯）》，頁241、242；李春桃：《傳抄古文綜合研究》，頁455～749；李綉玲：《古文四聲韻古文探賾》（嘉義：國立中正大學中國文學研究所博士論文，2009年7月），頁312～319。

含	（105.5.2） 碧落碑	假肣爲含	肣（匣／侵） 含（匣／侵）	012
嗢	（107.2.1） 《汗簡》	假⿹勹冊爲嗢	⿹勹冊（溪／物） 嗢（溪／物）	013
吅	（134.5.3） 《四聲韻》引《義雲章》	假坃爲吅	坃（曉／文） 吅（曉／元）	016
諄	（221.8.2） 《韻海》	假忳爲諄	忳（章／文） 諄（章／文）	021
識	（223.8.3） 《韻海》	假熾爲識	熾（昌／職） 識（章／職）	022
記	（230.6.3） 《四聲韻》引三方碑	假⿺辶己爲記	⿺辶己（見／之） 記（見／之）	024
記	（230.7.3） 大嚮記碑	假紀爲記	紀（見／之） 記（見／之）	024
赦	（309.8.2） 《四聲韻》引《汗簡》	假亦爲赦	亦（喻／鐸） 赦（書／魚）	027
美	（357.2.3） 碧落碑	假沬爲美	沬（明／物） 美（明／脂）	028
美	（357.2.4） 《汗簡》引《古尚書》	假嬍爲美	嬍（明／微） 美（明／脂）	028
⿰月幾	（402.2.1） 《四聲韻》引王存乂《切韻》	假⿰月气爲⿰月幾	⿰月气（溪／物） ⿰月幾（羣／微）	029
刻	（424.6.1） 《四聲韻》引《義雲章》	假剋爲刻	剋（溪／職） 刻（溪／職）	032
解	（439.6.3） 《四聲韻》引《古老子》	假懈爲解	懈（見／支） 解（見／支）	034

爵	（506.7.3） 《韻海》	假雀爲爵	雀（精／藥） 爵（精／藥）	039
餉	（511.2.2） 《汗簡》引林罕《集字》	假饟爲餉	饟（書／陽） 餉（曉／陽）	040
榮	（561.1.4） 《韻海》	假營爲榮	營（喻／耕） 榮（匣／耕）	042
朱	（563.5.1） 碧落碑	假絑爲朱	絑（章／侯） 朱（章／侯）	044
才	（599.8.2） 《韻海》	假材爲才	材（從／之） 才（從／之）	045
日	（639.3.1） 《汗簡》引諸家碑	假䵒爲日	䵒（泥／質） 日（泥／質）	047
昏	（644.7.4） 《四聲韻》引《古老子》	假聞爲昏	聞（明／文） 昏（曉／文）	048
暮	（652.4.3） 《韻海》	假慔爲暮	慔（明／鐸） 暮（明／鐸）	052
囧	（666.2.1） 《汗簡》引《古尚書》	假㬦爲囧	㬦（見／陽） 囧（見／陽）	055
米	（695.5.3） 《韻海》	假利爲米	利（來／質） 米（明／脂）	第三章第二節，頁71。
供	（778.6.3） 《韻海》	假廾爲供	廾（見／東） 供（見／東）	020
儉	（787.3.1） 《汗簡》	假思爲儉	思（心／元） 儉（羣／談）	064
儉	（787.3.3） 《四聲韻》引《古尚書》	假僉爲儉	僉（清／談） 儉（羣／談）	064

伏	（794.3.1） 碧落碑	假䈂爲伏	䈂（並／耕） 伏（並／職）	065
伏	（794.3.2） 碧落碑	假凭爲伏	凭（並／蒸） 伏（並／職）	065
伏	（794.3.3） 《汗簡》	假辟爲伏	辟（幫／錫） 伏（並／職）	065
伏	（794.5.2） 《四聲韻》引王存乂《切韻》	假虙爲伏	虙（並／質） 伏（並／職）	065
伏	（794.6.3） 《韻海》	假寶爲伏	寶（並／覺） 伏（並／職）	065
重	（815.6.1） 三體石經	假童爲重	童（定／東） 重（定／東）	066
毛	（838.5.4） 《四聲韻》引王存乂《切韻》	假毷爲毛	毷（明／宵） 毛（明／宵）	067
魄	（905.7.1） 《汗簡》引《義雲章》	假屰爲魄	屰（疑／鐸） 魄（滂／鐸）	069
崎	（919.6.3） 《韻海》	假攱爲崎	攱（疑／支） 崎（溪／歌）	參第三章第三節，頁96。
馳	（969.1.2） 《四聲韻》	假訑爲馳	訑（定／歌） 馳（定／歌）	072
駐	（970.3.2） 《四聲韻》引牧子文	假尌爲駐	尌（禪／侯） 駐（端／侯）	073
輝	（1008.8.2） 碧落碑	假瀈爲輝	瀈（曉／微） 輝（曉／微）	074
情	（1041.4.3） 《韻海》	假精爲情	精（精／耕） 情（從／耕）	076

憸	（1053.5.1） 《四聲韻》引《古尚書》	假思爲憸	思（心／元） 憸（心／談）	078
怒	（1060.6.4） 《四聲韻》引《古老子》	假思爲怒	思（見／魚） 怒（泥／魚）	079
潞	（1087.1.1） 《隸續》	假客爲潞	潞（來／鐸） 客（溪／鐸）	080
掌	（1193.7.2） 《四聲韻》引《古史記》	假踼爲掌	踼（喻／陽） 掌（禪／陽）	085
抗	（1219.1.1） 碧落碑	假斻爲抗	斻（溪／陽） 抗（溪／陽）	086
賊	（1264.8.3） 三體陰符經	假蠈爲賊	蠈（從／職） 賊（從／職）	087
綿	（1290.6.3） 《四聲韻》引裴光遠《集綴》	假肸爲綿	肸（滂／元） 綿（明／元）	092
塞	（1364.8.1） 《汗簡》引王存乂《切韻》	假𡫳爲塞	𡫳（心／職） 塞（心／職）	094
斯	（1422.7.2） 碧落碑	假思爲斯	思（心／之） 斯（心／支）	075
阿	（1443.5.2） 《四聲韻》引《古老子》	假㝎爲阿	㝎（影／歌） 阿（影／歌）	099
七	（1495.3.2） 《四聲韻》引《古老子》	假漆爲七	漆（清／質） 七（清／質）	100

本節所論列之通假字例，亦有從音理上看似無法通假者，如石經（91.6.1）假「㪅」爲「介」，《四聲韻》（1060.6.4）假「思」爲「怒」，二例均有聲紐「泥」、「見」發音部位不同的疑慮，然就各層面考慮，仍以通假之

機率較高，此類字例或可作爲研考上古音之材料。〔註 3〕

筆者於文字考釋過程中發現，對於傳抄古文通假音理之認定，各家有時寬嚴不一，造成對文字的用字關係或有不同的歸屬。如《四聲韻》引《義雲章》「刻」字古文作 (424.6.1)，李綉玲、李春桃皆指出此形爲「飴」(蝕) 字。「飴」爲船紐職部字，「刻」爲溪紐職部字，李綉玲基於二字聲紐較遠而認定此二字不具通假條件，將之判爲誤置，而李春桃則將之列爲通假。又如《四聲韻》引碧落碑 (794.5.4) 字，用「凭」爲「伏」，王丹列爲「同義換讀」，顯然認爲二字不具通假條件；〔註 4〕而唐蘭、陳煒湛、黃錫全、江梅等人則皆謂碧落碑文是假「凭」爲「伏」。〔註 5〕此類字例有時學者充分舉證疏通其音理關係者，如陳煒湛、黃錫全對「凭」、「伏」二字之通假多引典籍之例爲證，筆者即從其說。而音理關係難以確認者，筆者則並存異說，以俟後考。

第二節　傳抄古文義近換用釋例

傳抄古文同一字下之形體有時存在義同或義近關係。此類現象王丹、李綉玲、徐在國、李春桃等皆有論及，惟其使用術語不同，王丹採裘錫圭「同義換讀」之說，李綉玲稱爲「義近通用」，徐在國稱爲「義近誤置」，李春桃稱爲「義近換用」。〔註 6〕傳抄古文同一字下之形體有時僅是義近關係，並非

〔註 3〕李銳曾就上博簡《民之父母》 字（上二・民 8）之通讀，舉證說明見紐、泥紐可通。見李銳：〈上博館藏楚簡（二）初劄〉，山東大學「簡帛研究網」，2003 年 1 月 6 日。http://www.jianbo.org/Wssf/2003/lirui01.htm。

〔註 4〕王丹：〈《古文四聲韻》重文間的關係試析〉，中國文字學會、河北大學漢字研究中心編：《漢字研究（第一輯）》，頁 243。

〔註 5〕唐蘭：〈懷鉛隨錄〉，北平燕京大學《考古學社社刊》（北京：北平燕京大學考古學社，1936 年 12 月），頁 154；陳煒湛：〈碧落碑研究〉，陳煒湛：《陳煒湛語言文字論集》（上海：上海古籍出版社，2005 年 10 月），頁 101；黃錫全：《汗簡注釋》（武漢：武漢大學出版社，1990 年 8 月），頁 295；江梅：《碧落碑研究》（長春：東北師範大學碩士論文，2004 年 5 月），頁 22。

〔註 6〕王丹：〈《古文四聲韻》重文間的關係試析〉，中國文字學會、河北大學漢字研究中心編：《漢字研究（第一輯）》，頁 242；李綉玲：《古文四聲韻古文探賾》，頁 301～306；徐在國：〈談隸定古文中的義近誤置字〉，《古籍整理研究學刊》1998 年第

完全「同義」，故以「同義換讀」稱之恐有失偏頗；「義近通用」一詞學界多用以描述義近偏旁替換的情況；而近義字的互用可能出自於版本異文，未必是種錯誤，故亦不宜稱爲「義近誤置」。筆者從李春桃之說，將傳抄古文中形體與釋文屬義同或義近關係者稱之爲「義近換用」。李春桃已指出相對於音近的通假，傳抄古文中的「義近換用」之例較少，由前引諸家所論列之例字數量，亦可明顯看出這種現象。〔註 7〕本節就筆者文字考釋所及，補充若干前人未論及之字例。

《韻海》「曜」字古文作（652.7.1），此形从「日」、从《說文》古文「光」，出土文字未見，《集韻》、《類篇》錄「㫕」字，以爲「曜」字古文，《韻海》此形當依之取古文偏旁改作而成。〔註 8〕依形可釋爲「晃」字，意指明亮，與「曜」字義相近，以「晃」爲「曜」可能是義近之換用。（參下編 053）

《四聲韻》引《古老子》「怒」字作（1060.6.3），其形體上部近於「凶」形，下半部則似「匕」形，寫法怪異，《韻海》所錄（1060.7.2）與之形近。此類古文與戰國楚系「兇」字作（九 M56.28）、（九 M56.56）相似，應即「兇」字。「兇」古音屬曉紐東部，「怒」古音屬泥紐魚部，不具通假條件。「兇」、「怒」二字存在一定的意義聯繫，故筆者將之列爲「義近換用」。（參下編 079）

唐代碧落碑「空」字作（728.3.2），因其原拓文形體殘損故造成考釋者對字形筆畫之認定略有歧異。若將圖版放大仔細觀察，不難發現下部偏旁應有三道橫筆，且其第一橫筆與第二橫筆的起筆處之間有一明顯的圓點，此點清晰、完整，應屬筆畫無虞，此形還原後應與《韻海》所錄「空」字作（728.5.1）同形。唐蘭、江梅皆認爲此乃「窒」字，假借爲「空」。〔註 9〕碧

---

6 期；李春桃：《傳抄古文綜合研究》，頁 750～754。

〔註 7〕李春桃：《傳抄古文綜合研究》，頁 453。

〔註 8〕〔宋〕丁度等編：《集韻》（北京：中華書局，1989 年 5 月），頁 165；〔宋〕司馬光等編：《類篇》（北京：中華書局，1984 年 12 月），頁 235。

〔註 9〕唐蘭：〈懷鉛隨錄〉，北平燕京大學《考古學社社刊》，頁 154；江梅：《碧落碑研究》，頁 47。

落碑此形應即「窒」字無疑，其於碑文中用為「空」，唐蘭、江梅等皆以為是通假。然「空」字上古音屬溪紐東部字，「窒」字屬見紐耕部字，聲近而韻部較遠。陳新雄認為東部、耕部可以旁轉。〔註 10〕然出土文字與典籍中之通假例證較少，通假之說有待進一步確認。檢《說文》第七篇下「穴」部：「窒，空也。从穴、巠聲。《詩》曰：『瓶之窒矣』」〔註 11〕，可見「窒」字與「空」字義近，傳抄古文用「窒」為「空」，或可視為近義字之換用。（參下編 062）

《四聲韻》引《義雲章》「霜」字古文作 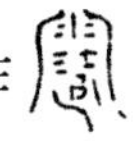 （1151.5.3），此字形體稍有殘損，然其輪廓與《韻海》所錄  （1151.6.1）形近似，當係同一形體。按此形實為「露」字，與《汗簡》所錄「露」字作 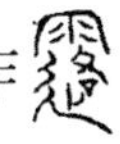 （1151.3.2）同構。「露」字古音屬來紐鐸部，「霜」字古音屬心紐陽部，聲韻皆異。陳新雄認為鐸部、陽部可以對轉。〔註 12〕「霜」、「露」二字或許有通假之可能，然其通假需要較迂迴的音理論證，未必全然無疑。檢「霜」字《玉篇》訓為「露凝也」，二字訓義有明顯的關聯，字書以「露」為「霜」，也可能是採錄近義字。〔註 13〕（參下編 081）

《四聲韻》引崔希裕《纂古》「牙」字作  （190.7.4），《韻海》所錄  （190.8.4）形同。此形李春桃疑為「齒」字古文訛變，誤收在「牙」字下。〔註 14〕筆者疑此形或由楚簡  （郭店・緇 9）一類形體寫訛，偏旁間隔較近，屢經轉寫後訛為  形；或是偏旁位置由上下式變為內外式，上部訛如「ㄩ」形之兩筆，與「齒」旁外部框廓共筆，遂成此怪異寫法。若採李春桃以「齒」為「牙」之說，筆者認為或可理解為近義字關係，未必為誤植。（參下編 018）

〔註 10〕陳新雄：《古音研究》（臺北：五南圖書公司，1999 年 4 月），頁 470。

〔註 11〕〔漢〕許慎撰，〔宋〕徐鉉等校定：《說文解字》十五卷（民國十八年上海商務印書館四部叢刊影印北宋本），第 7 篇下，頁 4。

〔註 12〕陳新雄：《古音研究》，頁 444。

〔註 13〕〔梁〕顧野王：《大廣益會玉篇》（北京：中華書局，2004 年 1 月），頁 93。

〔註 14〕李春桃：《傳抄古文綜合研究》，頁 521。

第三節　傳抄古文誤植現象探析

傳抄古文中由於傳抄者對文字的錯誤釋讀或是輾轉傳抄所導致的人為錯訛，往往造成形體與釋文的謬誤。若已排除異體字、通假字、近義字等因素，仍有古文形體與其釋文並非一字之現象，即屬「誤植字」。此類現象學者已多有論及，如王丹曾列舉《四聲韻》中「往」誤植於「徙」、「通」誤植於「甫」、「則」誤植於「敗」等例，李綉玲亦舉出「虖」誤植於「虒」、「剁」誤植於「耽」、「姻（婣）」誤植於「媢」等例。〔註 15〕李春桃對此有較集中的論述，由於《說文》與石經古文中此類訛誤較少，故李春桃以《汗簡》、《四聲韻》為主，論列「誤植」之例凡 145 條。並分析其致誤原因有「形近而誤」、「音近而誤」、「因相鄰而誤」、「因釋文脫去圈記符號而誤」、「因奪去字頭而誤竄」等五種主要原因。〔註 16〕由於此類現象，學者已多數掌握，本節僅就筆者文字考釋所及，探討幾個相關問題。

關於此種古文形體與釋文並非一字的訛誤現象，學者所用術語不一，如王丹稱為「誤收」、李綉玲稱為「誤置」、徐在國稱為「錯字」、李春桃稱為「誤植」。〔註 17〕「錯字」一詞較為含糊，且易使人誤解為形體書寫上的錯謬，較為不妥。而「誤收」、「誤置」、「誤植」三詞看似相似，然對比傳抄古文中的現象，筆者認為「誤植」一詞有較佳的概括性。

《傳抄古文字編》所論列之形體，除《說文》、石經外，主要字書有《汗簡》、《四聲韻》、《韻海》三本，其餘則為較零散的書籍或碑志材料。以《汗簡》、《四聲韻》、《韻海》三書觀之，其編排體例各不相同：《汗簡》仿《說文》體例，依「始一終亥」部首繫字，每字先出篆形，於篆形下注其楷體釋文；《四聲韻》、《韻海》皆按韻隸字，然《四聲韻》每字先列楷體釋文，且

〔註 15〕王丹：〈《古文四聲韻》重文間的關係試析〉，中國文字學會、河北大學漢字研究中心編：《漢字研究（第一輯）》，頁 243；李綉玲：《古文四聲韻古文探賾》，頁 307～312。

〔註 16〕李春桃：《傳抄古文綜合研究》，頁 66～89。

〔註 17〕王丹：〈《古文四聲韻》重文間的關係試析〉，中國文字學會、河北大學漢字研究中心編：《漢字研究（第一輯）》，頁 243；李綉玲：《古文四聲韻古文探賾》，頁 37；徐在國：《傳抄古文字編》（北京：線裝書局，2006 年 10 月），前言；李春桃：《傳抄古文綜合研究》，頁 66。

釋文上皆著圈記符號以資區別；《韻海》則是先出篆形，再於其下注楷體釋文。「誤收」、「誤置」，應是用以描述在一確定的字頭下，收錄了與該字頭並非一字的古文形體的錯誤，這樣的術語若用於指稱《四聲韻》中的相關錯誤是極其適切的，然用以描述《汗簡》、《韻海》等先出篆形再注釋文的體例則較不恰當。以《汗簡》爲例，該書中古文形體與釋文搭配不當的情況，有時並非是該形體「位置錯誤」的問題，而是釋文有誤，類似錯誤在《汗簡》中所在多有，如黃錫全已指出「徙誤作徒」、「徵誤作微」、「早誤作甲」、「續誤作績」等。〔註 18〕此類因楷書形近而於釋文中誤書之現象，以「誤收」、「誤置」稱之顯然不太恰當。而「誤植」一詞較能涵蓋文字誤收與釋文錯寫兩種不同的謬誤現象，故筆者從之。

一、誤植字例辨析

傳抄字書中固然存在諸多訛誤，然今人對其「誤植」現象之判定務須謹愼，須在完全排除各種形、音、義、版本等相關的原因後，才可認定爲「誤植」。前此學者所論列傳抄古文「誤植」諸例，仍有若干有待商榷者。

《四聲韻》引《古史記》「掌」字作 （1193.7.2），王丹認爲此形當是「踼」字，《漢書・揚雄傳》:「河靈矍踼，爪華蹈衰」，顏師古注：「矍踼，驚動之貌。……踼音惕」，「踼」與「爪」（掌）音義俱異，殆因二字在《漢書》中相鄰，夏氏在收「爪」字的同時誤收了「踼」字。〔註 19〕筆者認爲由形體結構而言，釋 爲「踼」十分合理。然「易」、「昜」二字僅一筆之差，於偏旁中亦常見混用。若將此體右半之「易」形視爲「昜」之訛誤，如此則 （1193.7.2）可釋爲从足、昜聲之「踼」字，「踼」與「掌」聲近可通，傳抄古文列「踼」於「掌」字下，當屬聲近之通假，未必爲誤植。（參下編 085）

《四聲韻》引《義雲章》「刻」字古文作 （424.6.1），李綉玲認爲此實「餘」字，其置於「刻」字下，音不具通假條件，義亦不相近，疑爲單純的誤

〔註 18〕黃錫全：《汗簡注釋》，頁 21。

〔註 19〕王丹：〈《汗簡》、《古文四聲韻》傳抄古文試析〉，復旦大學「出土文獻與古文字研究中心網站」，2009 年 4 月 28 日。http://www.gwz.fudan.edu.cn/SrcShow.asp?Src_ID=773。

置。〔註 20〕按李綉玲之說於字形上頗具說服力。然李春桃認爲「飴」、「刻」二字爲通假關係，筆者亦認爲此例可能假「劾」爲「剋」，未必爲「誤植」（參下編 032）。

「气」字作 （35.4.4）見《汗簡》所引郭顯卿《字指》。鄭珍認爲此形爲「雰」字，《說文》謂「氛」或从「雨」，釋「气」誤。 依形當入「雨」部，然因「雰」字正文作「氛」，郭忠恕本欲錄从「气」之「氛」而誤錄从「雨」作者。〔註 21〕據此則《汗簡》隸字與釋文兩誤。黃錫全則謂典籍「氛」多訓「气」，如《說文》：「氛，祥气也」，兩字應是義近互訓。〔註 22〕李春桃則認爲《汗簡》中的釋文「气」應是「氛」之壞字，在傳抄過程中，釋文「氛」脫落下部之「分」旁，而誤作「气」。而《說文》以「雰」爲「氛」字或體，且《韻海》、《六書通》等皆將相關形體釋「氛」，「气」字下亦未錄此類形體。由傳抄古文的整體性考慮，將古文釋「氛」，不採黃錫全義近互訓之說。〔註 23〕《韻海》錄「氛」字古文作 （35.6.1），與 字確實極爲肖似。黃錫全主張的義近互訓，鄭珍、李春桃所提出的釋文錯誤，兩種情況在傳抄古文系統中皆有許多例證可循，無法驟然論定，故皆存以待考。（參下編 004）

《汗簡》引《演說文》「虜」字作 （670.6.1），鄭珍以爲此乃「貫」字，上部作重 之形，兩 形析破即訛與 字上部近似。〔註 24〕黃錫全認爲此形由金文「貫」字 （中甗《集成》00949）訛寫，並指出《說文》「貫」、「虜」二形相次，此「虜」乃「貫」字寫誤。〔註 25〕李春桃亦主張此乃「貫」字誤植爲「虜」。〔註 26〕關於此類古文，筆者提出另一種假設： 字上部與「舁」字傳抄古文作 （263.7.1）、 （263.7.2）、 （263.7.3）等近似，可能是

〔註 20〕李綉玲：《古文四聲韻古文探賾》，頁 246。

〔註 21〕〔清〕鄭珍：《汗簡箋正》（北京：中華書局，2011 年 6 月，清光緒十五年廣雅書局刻本），卷 1，頁 7。

〔註 22〕黃錫全：《汗簡注釋》，頁 74。

〔註 23〕李春桃：《傳抄古文綜合研究》，頁 67。

〔註 24〕〔清〕鄭珍：《汗簡箋正》，卷 3，頁 11。

〔註 25〕黃錫全：《汗簡注釋》，頁 241。

〔註 26〕李春桃：《傳抄古文綜合研究》，頁 77。

「舁」字訛體，[ancient character] 可隸定爲「賆」，《汗簡》假「賆」爲「虜」。「賆」由「舁」得聲，「舁」字古音屬喻紐魚部、「虜」字古音屬來紐魚部，聲近可通。（參下編 057）

《四聲韻》引《義雲章》「霜」字作 [ancient character]（1151.5.4），此形與《汗簡》「霄」字古文作 [ancient character]（1150.1.1）同構，黃錫全指出《四聲韻》此處乃「誤霄爲霜」。〔註 27〕若純就字形而論，黃說可信。筆者檢《六書通》錄有「霜」字古文作 [ancient character]，與 [ancient character] 形似。〔註 28〕[ancient character] 字所从「木」旁已見隸化，且與上部「雨」旁緊密黏合，若因傳抄致誤而進一步訛省，亦不排除訛寫如 [ancient character] 形之可能。（參下編 081）

二、誤植字例補充

《汗簡》引碧落碑「昏」字作 [ancient character]（644.7.2），《四聲韻》錄作 [ancient character]（644.7.3）。此字於碧落碑中未見，鄭珍以爲「碑無此，有 [ancient character] 字。鄭承規釋闇，郭蓋誤記，又誤寫也」。黃錫全則懷疑此字原當作 [ancient character]，其字「从門、从音」應爲「闇」字，「闇」字與「昏」字義近，並引《禮記・祭義》鄭注「闇，昏時也」爲證。〔註 29〕其意當是認爲碧落碑以「闇」爲「昏」屬於「義近換用」之現象，郭忠恕則於摹錄時轉寫失真。

檢閱碧落碑全文後，筆者發現碑中有一从日、辰聲之「晨」字作 [ancient character]（660.2.1），此形可能源於楚帛書「晨」字作 [ancient character]（帛乙）一類的形體。[ancient character] 之形體與《汗簡》所錄 [ancient character] 字肖似，郭忠恕當是誤將此「晨」字之楷體釋文誤書爲「昏」。（參下編 048）

銅器銘文之傳錄與研究自宋代已十分興盛，然早期囿於出土材料之不足與

〔註 27〕黃錫全：《汗簡注釋》，頁 398。

〔註 28〕〔明〕閔齊伋輯，〔清〕畢弘述篆訂：《訂正六書通》（上海：上海書店，1981 年 3 月），頁 117。

〔註 29〕〔清〕鄭珍：《汗簡箋正》，卷 3，頁 16；黃錫全：《汗簡注釋》，頁 249。

古文字學的知識有限，甚至有心人士刻意的僞託變造，因此在銅器銘文的收錄過程中，諸如錯訛、誤釋、誤置等問題屢見不鮮。《韻海》多錄青銅器銘文，當中因時人對這些古文字的認識不足，亦造成許多文字的「誤植」情況。

《韻海》錄「召」字作（111.3.3）、（111.3.4）、（111.4.1）等形，其形體皆與「召」字差別甚大。

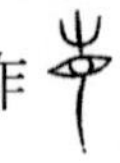

筆者檢閱相關傳抄銅器銘文字書後發現，與、等類似之形體訛變情形嚴重，且同類形體被誤釋、誤錄爲多字後，再彼此交互影響，形成錯綜複雜的字際關係。《增廣鐘鼎篆韻》霰韻「見」字條下錄有、、等形，笑韻「召」字條下又錄、、、、、等形，漾韻「相」字條下又錄、等形。〔註30〕此類形體應皆爲「眚」字，「眚」（省）字甲骨文作（甲357＝《合》29881）或（乙4057＝《合》9504正），从目从屮（或从目从木），會視察草木之意，引申爲視察，與「省」爲一字。〔註31〕《增廣鐘鼎篆韻》錄於「見」、「召」、「相」字下均屬誤植。

《韻海》（111.4.1）形與、等形相似，應即「眚」字無疑。（111.3.3）與、等形相似，亦爲「眚」（省）字，惟其下部贅增一豎筆。《殷周金文集成》6514「中觶」銘文中有、（蓋器同銘），此二形本爲一字。〔註32〕「中觶」《歷代鐘鼎彝器款識法帖》舊稱爲「召公尊」，、二字即釋爲「召」，當是宋人之誤釋。〔註33〕《增廣鐘鼎篆韻》所錄「召」字、、諸形，題自「召公尊」，即出於此。《殷周金文集成》已將

〔註30〕〔元〕楊銁撰，〔清〕阮元輯：《宛委別藏．增廣鐘鼎篆韻》（揚州：江蘇古籍出版社，1988年2月），頁361、364、365、373。

〔註31〕季師旭昇：《説文新證》上冊（臺北：藝文印書館，2002年10月），頁257。

〔註32〕中國社會科學院考古研究所編：《殷周金文集成釋文》第四卷（香港：香港中文大學出版社，2001年10月），頁353。

〔註33〕〔宋〕薛尚功原寫，〔清〕孫星衍主持臨刻，嚴可均臨篆，蔣嗣曾寫釋文：《臨宋寫本歷代鐘鼎彝器款識法帖》（臺北：廣文書局有限公司，1972年4月），頁203、204。

、改釋爲「省」。

（111.3.1）與傳抄古文「象」字作（960.4.3）、（961.5.1）等類似，徐在國疑爲「象」字頗有根據，其誤置「召」字下，或許與、等形於相關傳抄銅器銘文字書中誤置於「相」字下有關，「象」字古音屬邪紐陽部，「相」字屬心紐陽部，音近可通。此外，筆者認爲亦可能爲（326.8.2）、（327.1.3）等「相」字古文之訛體。（參下編 015）

「中觶」銘文中有字，《歷代鐘鼎彝器款識法帖》舊釋爲「貫」。〔註 34〕《韻海》錄「貫」字古文（670.4.4）、（670.5.1）二形，當源於此（器蓋同銘，共兩形）。此字《殷周金文集成》依形摹錄，就銘文文意推敲當作「地名」用，並非「貫」字。〔註 35〕宋人誤釋爲「貫」，疑因字右上部與金文「貫」字作（中甗《集成》00949）、（晉姜鼎《集成》02826）等形近似所致。

《韻海》錄「囧」字古文（666.5.2）（666.5.3），兩形結構相同。《韻海》所錄之形皆未注其出處，由《六書通》所錄可知此形出自「父乙鼎」，屬青銅器銘文。〔註 36〕按此形實爲「光」字，見於《殷周金文集成》2001「西單光父乙鼎」之「光」字作，應即《韻海》、《六書通》所本之形體。〔註 37〕「西單光父乙鼎」《歷代鐘鼎彝器款識法帖》中舊題爲「單囧父乙鼎」。〔註 38〕最早由劉體智《善齊吉金錄》釋爲「光」，張亞初、劉雨從之，並進一步析論其構形，謂此字上从火、下从對稱之二人形，是特殊的對稱裝飾，在族

〔註 34〕〔宋〕薛尚功原寫，〔清〕孫星衍主持臨刻，嚴可均臨篆，蔣嗣曾寫釋文：《臨宋寫本歷代鐘鼎彝器款識法帖》，頁 203、204。

〔註 35〕中國社會科學院考古研究所編：《殷周金文集成釋文》第四卷，頁 353。

〔註 36〕〔明〕閔齊伋輯，〔清〕畢弘述篆訂：《訂正六書通》，頁 226。

〔註 37〕中國社會科學院考古研究所編：《殷周金文集成釋文》第二卷，頁 143。

〔註 38〕〔宋〕薛尚功原寫，〔清〕孫星衍主持臨刻，嚴可均臨篆，蔣嗣曾寫釋文：《臨宋寫本歷代鐘鼎彝器款識法帖》，頁 158。

氏名的銘文中尤爲多見。〔註39〕《韻海》之所以錄「光」字於「囧」字條下，應是受限於當時古文字學之水準而誤釋文字所致。張亞初、劉雨指出字舊釋「囧」（㫿）、景、北等，皆不確。〔註40〕薛尚功《歷代鐘鼎彝器款識法帖》即將此形釋爲「囧」字，《增廣鐘鼎篆韻》亦將一系列字置於三十八梗韻「囧」字條下。〔註41〕（參下編055）

《韻海》錄「面」字古文作（884.6.3），此形應出於《殷周金文集成》4342「師訇簋」，原器摹文作。〔註42〕「師訇簋」《歷代鐘鼎彝器款識法帖》舊題爲「師𩛥簋」，宋人將誤析爲「一面」二字，爲前文「圭」之數量詞。〔註43〕《韻海》錄（884.6.3）爲「面」字，即誤採之下部。字今人已改釋爲「鬲」，讀爲「瓚」，爲酌鬯酒之禮器。〔註44〕蔡哲茂則認爲「瓚」是柄形器與玉片基座之組合。〔註45〕「鬲」究屬何物尚未定論，然宋人誤釋此字爲不爭的事實。

《韻海》錄「躬」字古文（727.1.3），形體看似从「弓」、从「廾」。與《汗簡》引《義雲章》「射」字作（526.7.4）同形，《韻海》（727.1.3）形亦當是「射」字。「射」、「躬」二字聲韻畢異，《韻海》按韻繫字，錄「射」爲「躬」於音理不合。《韻海》可能是將（727.1.3）字析爲从「弓」得聲

〔註39〕張亞初、劉雨：〈商周族氏銘文考釋舉例〉，四川大學歷史系古文字研究室編：《古文字研究》第7輯（北京：中華書局，1982年6月），頁36。

〔註40〕張亞初、劉雨：〈商周族氏銘文考釋舉例〉，四川大學歷史系古文字研究室編：《古文字研究》第7輯，頁36。

〔註41〕〔元〕楊鉤撰，〔清〕阮元輯：《宛委別藏．增廣鐘鼎篆韻》，頁281。

〔註42〕中國社會科學院考古研究所編：《殷周金文集成釋文》第三卷，頁482。

〔註43〕〔宋〕薛尚功原寫，〔清〕孫星衍主持臨刻，嚴可均臨篆，蔣嗣曾寫釋文：《臨宋寫本歷代鐘鼎彝器款識法帖》，頁274、275。

〔註44〕《金文今譯類檢》編寫組編：《金文今譯類檢（殷商西周卷）》（南寧：廣西教育出版社，2003年11月），頁258。

〔註45〕蔡哲茂：〈釋殷卜辭「瓚」字構形〉，東吳大學中國文學系、中國文字總會主編：《第二十一屆中國文字學國際學術研討會論文集》（臺北：東吳大學中國文學系，2010年5月），頁185。

之字，因而致誤。對比相關字形在其他字書中皆列爲「射」，且《增廣鐘鼎篆韻》、《六書通》亦皆未錄相關字形於「躬」字下，《韻海》此形應是誤植。（參下編 061）

《韻海》錄「高」字古文作（531.2.1）、（531.2.2），未見出處。《六書通》錄題爲籀文，見《六書統》，與《韻海》所錄近似。〔註 46〕此類形體顯然是「良」字，前人誤釋、誤錄爲「高」。（參下編 041）

《韻海》錄「目」字古文（322.1.2），來源不明。此形看似於「目」形上增睫毛之形。出土古文字中之「目」形多無此種增筆現象，疑此字可能爲「眉」或「首」字之誤植。甲骨文「眉」字作（京津 2082＝《合》3198），「首」字作（前 6.7.1＝《合》15105），相較之下，與「首」字更爲近似。

第四節　結　語

本章所論聲近通假、義近換用、誤植等文字異用現象，相當程度地反映了傳抄古文系統的龐雜。文字的通假現象在出土戰國文字中已是司空見慣，作爲戰國文字轉錄體的傳抄古文，其中充斥大量的通假字殆非偶然。而典籍文獻的版本異文中，以同義字替代本字之現象亦頗多見，傳抄古文中亦有所反映。

傳抄古文中收錄與其釋文並非一字的通假字、近義字除反映它們與出土文字的對應關係外，自然還存在古人對這些文字本形、本義無法清楚掌握的問題。然而，更主要的應該還是相關資料的來源與選取觀點。郭忠恕於《汗簡》卷首云：「於本字下直作字樣之釋，不爲隸古，取其便識」。〔註 47〕這種文字收錄的標準應是傳抄古文存在大量異用字的決定性因素。傳抄古文採取的材料包羅萬象，囊括傳世的各種古文經書、古佚書、碑刻、字書、韻書等各種書寫載體，其中古文經書、古佚書等必然存在諸多的版本異文，在「直作字樣之釋，不爲隸古」的採錄標準下，其對文字的認定乃是建基於其所處文

〔註 46〕〔明〕閔齊伋輯，〔清〕畢弘述篆訂：《訂正六書通》，頁 101。

〔註 47〕〔宋〕郭忠恕、夏竦輯，李零、劉新光整理：《汗簡古文四聲韻》（北京：中華書局，1983 年 12 月），頁 1。

例中的「詞義」，而非其「本義」，如古文《尚書・盤庚》中的「相時思民」，對應今本作「相時憸民」，故字書乃錄「思」爲「憸」，其實「思」、「憸」並非一字，而是聲近的通假。這種文字採錄標準，決定了傳抄古文中必然包含許多通假、近義等異用字，然也正因如此，它們才能較忠實地反映古文字的用字習慣與特性。

至於傳抄古文中對古文的誤釋、形體的誤植、釋文的錯寫等人爲的問題，時代的局限是不容忽視的主因。宋代興起的金石學，是宋人對古文字研究的重大貢獻，他們整理、保存出土資料，進而考釋銅器銘文，爲古文字之研究奠定相當的基礎。王國維稱宋人對金文之考釋雖不免「穿鑿紕謬」，然其於金文之研究實有「鑿空之功」。〔註48〕《韻海》收錄數量可觀的金石文字，擴充了傳抄古文的範圍，而該書中對許多銅器銘文的形體誤判，正反映當日古文字學的知識水準。清代吳大澂的《說文古籀補》在文字考釋上之成就已遠超前人，然其中亦不乏誤斷通假與誤釋文字之謬誤。〔註49〕如斯種種，皆受限於其時所能掌握的出土文字材料的客觀條件。而傳抄古文在以反複抄錄做爲主要保存與流通手段的情況下，人爲的誤植、誤書等弊病亦是無可厚非的。

當然，釋文的錯誤或形體的誤植，會造成後世研究者對傳抄古文形體的誤用，不可不慎。如《汗簡》收碧落碑「晨」字，卻因楷書釋文的筆誤，造成相關字形於其後的《四聲韻》、《韻海》等字書皆誤錄於「昏」字下。類似這些問題皆當加以修正，以免在研究工作中，受材料之誤導而造成錯誤的判斷。

〔註48〕王國維：〈《宋代金文著錄表》〉，王國維：《觀堂集林》（石家莊：河北教育出版社，2001年6月），頁180。

〔註49〕俞紹宏：《說文古籀補研究》（北京：中國社會科學出版社，2008年9月），頁44。

第五章　結　論

第一節　研究成果展現

經由對傳抄古文的相關研究工作，本論文具體研究成果如下：

一、字形考釋成果

透過對傳抄古文形體的考釋，茲將筆者對古文構形提出新的詮釋，或補充出土文字例證者，擇要撮錄表列如下：

字頭	字 形 與 出 處	形體考釋說明	字形考釋編號
祭	（11.6.1）《韻海》	字形左半為「肉」旁訛混為「目」後，再被刻意改寫為傳抄古文中常見的「目」旁。	003
莫	（87.3.1）《汗簡》引裴光遠《集綴》	此形隸定為「莀」，通假為「莫」。	009
嗢	（107.2.1）《汗簡》	此形當為「匐」字之篆形，只是形體訛誤較甚，字書假「匐」為「噴」。	013

識	（224.1.2） 《韻海》	此形爲「慽」字，與「識」爲替換義符之異體。	022
識	（223.8.1） 《四聲韻》引《古老子》	此形爲「恞」字，「心」旁誤寫爲「虫」，「恞」爲「識」之後起異體字。	022
罰	（429.2.1） 碧落碑	援引銀雀山漢簡「罰」字作（銀雀・孫計 5），證明此形有據。	033
解	（439.6.3） 《四聲韻》引《古老子》	此形當爲「懈」字，通假爲「解」。	034
筍	（444.4.4） 《四聲韻》引《義雲章》	此形改从「恂」聲，爲「筍」字異體。	036
曜	（652.6.1） 碧落碑	「曜」字應爲漢時新興的後起字，隸中有「曜」字作（禮器碑陰），傳抄古文改隸作篆。	053
曜	（652.7.1） 《韻海》	此形可釋爲「晃」字，《韻海》以「晃」爲「曜」可能是採錄近義字。	053
昏	（644.7.2） 《汗簡》引碧落碑	此形實爲「晨」字，《汗簡》將楷體釋文誤書爲「昏」。	048
粒	（696.6.3） 《汗簡》	此形爲《說文》「粒」字古文（696.6.1）之異體，「食」旁替換爲「飤」旁。	058
覓	（863.2.3） 《韻海》	此形實即「覛」字。「覛」字隸省爲「覓」字，與表「尋找」義之「覓」字應屬「異字同形」。	068
輝	（1008.8.2） 碧落碑	此爲「瀈」字，碑文假「瀈」爲「輝」。	074
恕	（1060.6.3） 《四聲韻》引《古老子》	此形爲「兇」字，與楚簡作（九 M56.56）相似，「兇」、「恕」爲義近換用。	079

掌	（1193.7.2） 《四聲韻》引《古史記》	此形應是「踼」字，通假爲「掌」，非王丹、李春桃等人所主張的誤植。	085

此外，由於傳抄古文形體來源較爲龐雜，兼且字形訛變劇烈，故若干形體雖經由筆者考釋，提出可能的字形詮解，然仍有形體演變軌跡無法完全疏通者，或形體無法完全論定，須並存諸說者，亦擇要撮錄表列如下：

字頭	字形與出處	形體考釋說明	字形考釋編號
禮	（7.7.2） 《四聲韻》引《古老子》	疑爲受「禍」字「歺」、「示」義符替換影響而產生的異體。（並存義符替換與近義字之說）	002
芳	（60.1.1） 《汗簡》引王庶子碑	此形可能爲《說文》小篆「若」字「若」之訛形，《汗簡》楷體釋文誤「若」爲「芳」。（並存此字爲「芳」字訛形之說）	005
牙	（190.7.4） 《四聲韻》引崔希裕《纂古》	疑此形或由楚簡（郭店·緇 9）一類形體寫訛（並存此形爲「齒」字之說）	018
記	（230.7.3） 大嚮記碑	疑此形乃「紀」字之訛體，以同音通假爲「記」；或爲重複同形的「己」字，聲近通假爲「記」	024
美	（357.2.3） 碧落碑	疑此形爲「沬」字訛體，假「沬」爲「美」。	028
腎	（402.6.2） 《四聲韻》引《黃庭經》	疑此形可能爲「腎」字俗體「脤」之篆形，上部爲「臣」旁寫訛，下部「儿」形則爲「肉」旁訛省。	030
刻	（424.6.1） 《四聲韻》引《義雲章》	此形有可能是假「劾」爲「剋」，未必爲「餘」字「誤植」或由「餘」字通假爲「剋」。	032
情	（1041.3.3） 《四聲韻》引《古孝經》	疑此形爲形體割裂之「青」字，通假爲「情」。	076

甃	(1280.4.1) 《汗簡》引《銀床頌》	此形可析爲从「瓦」、「九」聲，隸定爲「瓬」，爲「甃」字替換聲符的異體。	091
七	(1495.3.2) 《四聲韻》引《古老子》	疑此形戰國齊系「桼」字 (璽彙 0157）一類形體寫訛，假「桼」爲「七」。	100

二、釐清傳抄古文構形關係

本論文將傳抄古文字頭與所隸形體之關係分爲「異體字」、「通假字」、「近義字」與「誤植」四類。

「異體字」又再析爲「異構字」與「異寫字」，分別探討其構形現象中的相關問題。針對「異構字」的整理，筆者發現傳抄古文可以體現若干古文字的構形演變規律，如「義符」替換現象，多可與出土文字參證，部分於出土文字中未見的替換現象，則應是取資於《說文》重文中的義符替換之例，同時，亦存在若干無法與出土文字合證的義符替換現象；聲符替換現象亦多可與出土古文字合證，其於古無徵者，則或取自《說文》之古籀、或體，《韻海》則大量據後世字書所載之形「改隸作古」而成；構形模式不同的異構字充分展現了傳抄古文中取材的多樣性，同一字頭下所列諸形，或初文、後起字並見，或各自體現不同區域的古文字特性。同時，由於傳抄古文本身的性質較爲特殊，也因此造成「異構字」在判別上的困難之處：如「月」與「夕」、「刀」與「刃」等形義俱近的偏旁互作，究屬義近替換或形近訛混難以斷然論定；若干看似聲符或義符替換之例亦可能與通假字或近義字等不同的用字關係混淆難辨。在筆者所論字例中，部分仍是必須並存數種可能性的。

「異寫字」部分，筆者整理傳抄古文中構件方位移動之例，發現此類構形現象以上下式與左右式互換者爲數最多，左右互換爲數次之，與出土戰國文字所見略有不同（戰國文字以「左右互作」出現頻率最高），「內外互換」、「上下互換」之例較少，此則與出土文字吻合；構件形體變異部分，爬梳了「口」、「工」、「米」、「土」、「屯」、「言」、「手」、「目」、「虫」等九個常見偏旁的形體變化規律，並析論偏旁⅄⅄，可能是「艸」旁或「竹」旁混同的訛形；偏旁混同部分，整理出傳抄古文當中因形體的異寫所導致的形近訛混現象，並進一步歸納出「同一偏旁異寫多樣」（如「卩」旁可訛爲「又」、「己」、「人」、「云」），「數個偏旁混爲同形」（如「彳」、「彡」、「言」等偏旁皆可訛變爲近似古文「糸」8），「形體混同的交互影響」，以及因傳抄古文的嚴重訛變，產生不可能見於出土文字的特殊偏旁混同等構形特色。同時，附論同樣因形體的異寫而導致的「同形字」現象。

筆者將「通假字」、「近義字」、「誤植」三種類型統稱爲「異用字」。當中以「通假字」爲數最眾，「近義字」與「誤植」則數量有限。同時，論述了傳抄古文中的「異用字」產生，主要是因古人對傳抄古文的採錄標準乃是建基於其所處文例中的「詞義」，而非其「本義」。「異用字」之清理，前此之研究已多有論及，本文僅就文字考釋所及，略作訂補。前人對《韻海》之研究較少著墨，筆者於「誤植」一類，透過《歷代鐘鼎彝器款識法帖》、《增廣鐘鼎篆韻》、《六書通》、《古籀彙編》等書所載，確認《韻海》所錄青銅器銘文之來源，並探討宋人對這些形體誤釋、誤植原因，爲此部分較爲具體的研究成果。

三、爬梳傳抄古文形體訛變軌跡

筆者於「異寫字」部分整理了「口」、「工」、「米」、「土」、「屯」、「言」、「手」、「目」、「虫」等九個常見偏旁的不同變化，並列舉出經常混同的偏旁，以及同一構件可能的多種來源，此類成果，應有利於對傳抄古文字形體的辨認與考釋工作。透過對「異寫字」之研究，筆者亦歸納了傳抄古文中筆畫的「黏合與分裂」、「收縮與延伸」、「平直與扭曲」、「寫脫與誤增」、「連筆書寫」、「刻意對稱與自體類化」等訛變規律。此外，傳抄古文中還可能存在因對形體的誤認，而導致「誤截偏旁」的情形，如將「愳」字上部截取爲「僉」（參下編 064）。

四、認識傳抄古文構形特色

（一）來源複雜、瑕瑜互見

曾憲通就《汗簡》一書所錄之古文形體與出土文字比較，發現其書中與出土材料相合者約佔 17%；與出土材料存在差異而符合自然流變者約佔 23%；形體訛誤但形跡可尋者約佔 33%；其餘訛不成體者、改从郭書部首者、以隸作古者共約佔27%。〔註1〕由此可見類似集錄性質的傳抄古文字書應皆是來源駁雜、精麤並陳的。

透過對傳抄古文形體的整理與考釋，不難發現傳抄古文可與出土文字合證之例甚多，可見其形體有所本，殆非虛造，此爲其最具學術研究價值之處。傳抄古文形體與出土文字完全吻合者，如《韻海》「赦」字从「亦」聲作（309.8.4），同於戰國秦簡「赦」字作（睡・爲吏1）；陽華岩銘「名」字作（107.6.1），同於楚簡之形（郭店・成13）；《四聲韻》引《義雲章》「弄」字作（260.8.1），則與晉系文字作（璽彙3144）同形；《說文》「牙」字古文作（190.7.1），同於楚簡之形（曾165）；《汗簡》引華岳碑文「思」字作（1039.7.2），形體與燕系陶文作（古陶103）幾乎完全相同。如此之例，不勝枚舉，明確地體現了傳抄古文與戰國文字的深切淵源。

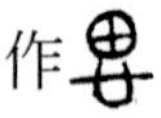

當然由於屢經累世多手的轉錄，許多古文形體雖與出土文字差近，其於筆畫上已有不同程度的差異。如《說文》「昔」字籀文作（647.7.1），近於春秋金文（郐王糧鼎《集成》02675）與戰國齊陶文（陶彙3.362），然其「肉」旁與「日」旁分離，且「肉」旁橫書，與出土文字稍異；《說文》「共」字古文作（262.5.1），與楚系文字作（包山 228）、（包山239）近似，《四聲韻》引《古老子》作（262.5.2），字形上下筆畫黏合，看似獨體字，應屬轉寫訛誤；《四聲韻》引《古孝經》「美」字作（357.3.3），應據楚簡（郭店・老乙4）、（上一・孔21）等形寫訛；《韻海》「爵」字作（506.7.2），形體與《古籀彙編》所錄（父癸匜）、（父乙爵）等形近。此體可能源自商金文（爵寶彝爵《集成》08822）一類的象形初文，後人轉錄時多有訛變。此類字例雖有不同程度的形訛，然其形體來源與訛變軌跡尚可清楚掌握，亦有相當高的可信度。

除此之外，像《韻海》大量納入金石文字，只要仔細將宋人對這些古文

〔註1〕曾憲通：〈論《汗簡》古文之是非得失〉，曾憲通：《曾憲通學術文集》（汕頭：汕頭大學出版社，2002年7月），頁430、431。

字的誤判所造成的錯誤剔除，此部分仍具有頗高的學術價值，並可體現宋代金石學在古文字學發展上的時代意義。另一方面，《韻海》亦多據《集韻》、《類篇》等書所載之異體改隸作古，此舉固然是對傳抄古文體系的重要補充，未必爲非。然當中可能存在將通假字或近義字誤斷爲異體，或是將後世俗字納入古文範疇的問題。同時，如將《集韻》、《類篇》「怕」字異體「㤿」、「怉」，分別改寫爲（1050.8.2）與（1050.8.3）兩形，或將《集韻》「霜」字異體「灀」改寫爲（1151.6.2），皆是將楷體文字改爲《說文》篆體書寫。篆文與嚴格意義的「古文」（戰國東土文字）仍有一定程度的區別，此部分對於利用傳抄古文進一步考釋戰國文字的價值就相對較低。

傳抄古文被前人指有「務爲僻怪」、「奇詭不經」、「杜撰古字」等弊端，而透過對其形體的考釋，亦可發現類似的批評是其來有自的。如《韻海》錄「祭」字作（11.6.1），「肉」旁訛寫爲「目」，顯然是出自後人刻意的改造，絕不可信。而若干古文形體於古無徵，是後人採傳抄古文偏旁拼寫而成，如《汗簡》引孫強《集字》「記」字作（230.6.1），其「己」旁同《說文》古文（1468.3.1），亦近於戰國齊系文字作（璽彙 2191），來源有據，然其「言」旁雖爲傳抄古文的慣見寫法，卻是傳抄致誤的訛形，由《說文》古文「言」旁漸次寫訛爲，並不可信。《汗簡》錄碧落碑「輝」作（1009.1.1），字从《說文》古文「光」（1009.8.1）、「軍」聲。鄭珍認爲「因煇俗作輝，以古光作之，亦杜撰也」。〔註 2〕考先秦出土文字中似未見从「光」之「輝」字，《說文》有「煇」無「輝」，漢代銅器、碑碣亦多作「煇」字，从光之「輝」字僅於漢印之中偶然得見，此字出於漢人俗造之可能性相當高。而後人將晚出俗體改造爲古文，混入傳抄古文系統中，尤不可取。如《四聲韻》所引崔希裕《纂古》以唐武后「星」字作「〇」，改造爲（659.6.1），當非眞正的「古文」。以上幾種情況無疑具有較高的人爲杜撰成分，當然，這些錯誤未必皆出於古人的存心造作，更可能反映的是其時代對於古文

〔註 2〕〔清〕鄭珍：《汗簡箋正》（北京：中華書局，2011 年 6 月，清光緒十五年廣雅書局刻本），卷 6，頁 41。

認識的局限。

有鑑於傳抄古文這種複雜的特點，面對傳抄古文材料時應如曾憲通所言，應是其所當是，非其所當非，有區別地加以對待，有條件地加以運用。〔註3〕

（二）傳抄古文形體具有明顯的承續性

筆者於下編文字考釋部分將每個所論字下所隸之古文依形體結構分類，可以發現《說文》、石經及少數今存的碑刻文字（如碧落碑）等來源較爲可考的古文材料，在《汗簡》、《四聲韻》等書中多見引錄。郭、夏書中所載古文多數詳注形體來源，可據以覆覈其原形。如《汗簡》、《四聲韻》中所錄《說文》古文有些不見於今本、有些則與今本所錄之形有異，此類古文有助於《說文》版本之校補與古文形體之商兌。今日無從稽考的形體，如已亡佚的古籍、字書，在《汗簡》、《四聲韻》中亦多見反覆抄錄。

由於傳抄古文形體具有明顯的承續性，故透過形體的分類，由同類形體相互參證，往往可呈現其形體演變的軌跡，甚至有助於理解部分已嚴重錯訛的古文形體。如《四聲韻》錄《義雲章》「重」字作（815.7.3），形體頗爲怪異難辨，而同一形體《汗簡》作（815.7.2），同於石經古文（815.6.1），如此對比之下即可發現此三字輪廓大抵近似，唯《四聲韻》所錄字形中間筆畫錯訛較甚，此三字應屬同類形體。

年代稍晚於《汗簡》、《四聲韻》的《韻海》，書中載錄形體雖皆未注明出處，但透過與前此的傳抄古文材料比對，即不難發現《韻海》對前人所載古文材料顯然有相當完整的吸納，少見遺漏。同時，透過形體比對尚可見《韻海》之形有時存在較爲特殊的變化，如「口」旁作、形，「土」旁作形等，在前此字書中皆較爲罕見，其形體筆畫訛誤的情況亦較《汗簡》、《四聲韻》明顯。此外，《韻海》採錄了《汗簡》、《四聲韻》中較罕見的銅器銘文，並大量將後世字書形體改寫回「古文」，故其篇幅遠超於郭、夏之書。此類形體透過與《歷代鐘鼎彝器款識法帖》、《增廣鐘鼎篆韻》、《六書通》等材料的比對，以及翻檢《集韻》、《類篇》等字書即可大致掌握其形體的來源。

綜上，傳抄古文系統具有明顯的承續性，同一形體轉錄多方的現象，正可

〔註3〕曾憲通：〈論《汗簡》古文之是非得失〉，曾憲通：《曾憲通學術文集》，頁433、434。

體現傳抄古文賴以留存的手段與其材料集結的過程，亦可爲其之所以名爲「傳抄」作最清楚的註腳。

第二節 未來研究展望

透過學者的不斷努力，許多傳抄古文的構形已被明確地考釋出來，同時亦可見傳抄古文被廣泛地運用到戰國文字的研究領域當中。然而，仍有相當比例的古文形體尚懸而未決，無法正確地釋讀，有待吾人進一步地探索。

此外，字典、文字編等工具書對於古文字研究頗爲重要，《傳抄古文字編》的問世，對於傳抄古文與戰國文字之研究深具貢獻。而傳抄古文之性質畢竟較爲特殊，字頭與所蒐錄之古文並非一字的情形，遠較其他古文字相關工具書來得明顯，且傳抄古文除少數古文經與現存碑刻外，多數沒有清楚文例可供推勘，對於古文形體與釋文間的關係較無判斷的依據。因此，期待日後對於傳抄古文的形體有更全面的掌握後，或可據之對類似《傳抄古文字編》這樣的工具書作更細部的編排，在每一字頭下依其不同的用字關係重新編列，以提高研究者對使用「傳抄古文」考釋古文字之效率。